STELLA DOS ANJOS COSTA

Onde os anjos não ousam pisar

Um crime, um trauma, uma paixão

© Stella dos Anjos Costa, 2024
Todos os direitos desta edição reservados à Editora Labrador.

Coordenação editorial Pamela J. Oliveira
Assistência editorial Leticia Oliveira, Jaqueline Corrêa
Projeto gráfico Amanda Chagas
Diagramação e capa Heloisa D'Auria
Preparação de texto Marcia Maria Men
Revisão Mariana Góis
Imagens de capa foto de alexander andrews, foto de ezgi deliklitas e foto de vino li na unsplash

Dados Internacionais de Catalogação na Publicação (CIP)
Jéssica de Oliveira Molinari - CRB-8/9852

Costa, Stella dos Anjos
Onde os anjos não ousam pisar : um crime, um trauma, uma paixão / Stella dos Anjos da Costa.
São Paulo : Labrador, 2024.
112 p.

ISBN 978-65-5625-499-9

1. Ficção brasileira I. Título

23-6722   CDD B869.3

Índice para catálogo sistemático:
1. Ficção brasileira

Labrador

Diretor-geral Daniel Pinsky
Rua Dr. José Elias, 520, sala 1
Alto da Lapa | 05083-030 | São Paulo | SP
contato@editoralabrador.com.br | (11) 3641-7446
editoralabrador.com.br

A reprodução de qualquer parte desta obra é ilegal e configura uma apropriação indevida dos direitos intelectuais e patrimoniais da autora. A editora não é responsável pelo conteúdo deste livro. Esta é uma obra de ficção. Qualquer semelhança com nomes, pessoas, fatos ou situações da vida real será mera coincidência.

Conteúdo adulto

> "*Nada a perder, nada a ganhar*
> *Enlouquecer, ou delirar*
> *Eu ainda insisto em andar*
> *Onde os anjos não ousam pisar.*"
>
> **Zé Rodrix/Etel Frota**

Sumário

Primeira parte:
Noite sem lua de fevereiro

CAPÍTULO 1: Um crime _____ 9
CAPÍTULO 2: Um recomeço _____ 23
CAPÍTULO 3: Uma traição _____ 29
CAPÍTULO 4: Uma investigação _____ 33
CAPÍTULO 5: Um marido _____ 38

Segunda parte:
A lua cheia de maio

CAPÍTULO 6: Uma nova vida _____ 51
CAPÍTULO 7: Uma nova louca vida _____ 55
CAPÍTULO 8: Um só corpo, dois amores _____ 60
CAPÍTULO 9: Uma loucura, uma deliciosa loucura _____ 73
CAPÍTULO 10: Um quadro e uma diversão _____ 81
CAPÍTULO 11: Uma lembrança _____ 86
CAPÍTULO 12: Uma conversa _____ 90
CAPÍTULO 13: Um despertar, um rompimento _____ 95
CAPÍTULO 14: Uma lua cheia de maio _____ 102
CAPÍTULO 15: Um casal diferente _____ 108

PRIMEIRA PARTE

Noite sem lua de fevereiro

*Chamem o helicóptero de resgate!
Ela está viva!"*

CAPÍTULO 1
Um crime

O detetive Clark Holmes de Andrade teve dificuldade para descer aquela encosta íngreme da Serra das Araras.

Escorregou em alguns trechos da descida e sofreu arranhões ao trombar com algumas árvores no caminho.

Tirou a lanterna da boca e soltou um palavrão, massageando o traseiro.

— O que aconteceu aqui? — perguntou aos dois policiais que estavam no local.

— Como vai, Holmes? — Um dos policiais sorriu para ele. — Uma mulher está morta.

Clark apontou a lanterna para ela e viu que estava nua:

— Ela é linda!

— Às vezes a beleza atrapalha e elas pagam um alto preço por isso — observou o policial.

— Tentaram a massagem cardíaca? — perguntou Clark, tirando o casaco e cobrindo o corpo dela.

— Já fizemos todos os procedimentos, sem sucesso.

— Algum ferimento?

— Não, nem tiro nem facada, nada. Só algumas escoriações por conta da queda.

— Acharam algum documento? Algum pertence?

— Não, mas vamos investigar melhor quando o dia amanhecer.

Clark se ajoelhou ao lado dela e admirou seus cabelos longos e volumosos, enrolado com pedaços de galhos e mato.

Observou seu pescoço, sem marcas de estrangulamento.
Quanta maldade, meu Deus! Essa mulher poderia ter feito qualquer homem feliz.
De repente, ele gritou:
— Chamem o helicóptero de resgate! Ela está viva!

Clark acordou de mau humor. Levantou tropeçando no tênis e se apoiou na bancada do banheiro, olhando seu rosto no espelho.
Estou parecendo um cadáver ambulante, preciso de férias.
Suspirou e ligou o barbeador elétrico.
Beth tinha razão, não foi à toa que ela me abandonou.
Clark sempre foi obcecado pela profissão; sua determinação em resolver os crimes delegados a ele eram, definitivamente, a prioridade na sua vida.
E os casos se acumulavam, porque ele era obstinado demais, perfeccionista demais.
Sentia um ódio mortal de criminosos e, de vez em quando, tinha surtos de raiva dentro da delegacia.
— Esse caso é meu, ninguém põe a mão!
Todos se calavam, porque sabiam que determinados crimes só ele resolveria.
Os argumentos da sua ex-mulher eram válidos. Ela queria um marido, não um estranho que se jogava na cama ao chegar tarde da noite, cansado, adormecendo em minutos e que, às vezes, nem voltava para casa.
No início, Beth desconfiou que ele tivesse uma amante, mas com o passar do tempo, constatou que essa amante era a sua obsessão pelo trabalho.

Ela queria filhos, mas Clark, decepcionado e preocupado com a violência que presenciava todos os dias, dizia que ainda não estava na hora.

Um dia, após uma longa conversa, Beth arrastou sua mala para fora de casa e partiu sem olhar para trás.

Na noite seguinte, ele chegou cedo em casa, após telefonar para ela e pedir um encontro para que pudessem conversar melhor.

Clark queria encontrar uma solução para o seu caso. Não era um crime, era o "seu caso".

Beth não veio e ele tomou um porre. Nunca mais a procurou.

Clark entrou debaixo do chuveiro.

Preciso voltar para a academia, ou vou cultivar a barriguinha de chope igual a do Alencar.

Preciso de uma namorada, preciso de sexo, estou carente.

Preciso, preciso... Preciso ir ao hospital ver como está aquela mulher linda de cabelos longos.

Anda logo com esse banho e vai trabalhar.

Abriu o jato de água fria e falou alto:

— Eu sou um urso-polar!

— Como ela está? — perguntou à enfermeira ao entrar no quarto.

— Sob efeito de sedativos. Ela estava grávida, mas perdeu o bebê.

— Ela sofreu violência sexual? Estava drogada?

— Não. Foi encontrado esperma, mas sem sinais de agressão sexual. O resultado do exame de sangue ainda não chegou.

— Algum trauma severo? Um osso quebrado?

— Uma fratura no tornozelo esquerdo, nada grave.

A enfermeira verificou os aparelhos, o soro, mediu a pressão e se retirou.

Clark chegou mais perto dela e observou seu rosto.

Quando você acordar, Bela Adormecida, temos muito o que conversar. Esse caso vai ser fácil de resolver, a vítima está viva.

Ela abriu os olhos e abraçou o seu pescoço.

— Meu amor... — murmurou e fechou os olhos novamente.

Clark ficou ali, com ela enganchada no pescoço dele, sem saber o que fazer.

A enfermeira voltou e se assustou:

— Detetive Clark, o que você está fazendo?

— Eu? Nada! Ela está fazendo! Agarrou no meu pescoço e me chamou de meu amor. Pode me ajudar?

— Até que vocês formam um casal bonitinho. — A enfermeira sorriu e o livrou dos braços da *Bela Adormecida*.

O telefone de Clark tocou; era o delegado.

— Onde você está?

— No hospital, esperando a vítima acordar. Ela perdeu o bebê e está sedada.

— Ela é Sílvia Castellar Nunes de Abreu, filha de um milionário do ramo de imóveis.

— E o que mais?

— Eu é que pergunto, já que o caso é seu. Os policiais acharam os documentos dela hoje de manhã dentro da bolsa, no meio da mata da Serra das Araras.

— Eu ligo mais tarde. — Clark desligou e chamou um dos seus contatos.

— Descobre aí: Sílvia Castellar Nunes de Abreu. Quero saber tudo sobre a vida dela: se é casada, onde mora, onde trabalha... É urgente. — E desligou.

Meia hora depois, seu telefone tocou.

— Vou passar o endereço dela e outras informações que eu consegui pelo WhatsApp. Vê se para de me perturbar, alguém pode acabar descobrindo.

— Você é o meu *hacker* preferido, fico te devendo mais essa, um abraço.

Eu volto logo, princesa.

Olhou o endereço dela no celular e saiu apressado do hospital.

Bateu na porta do apartamento dela e ninguém atendeu. A vizinha botou a cara na janela, já que ele não desistia de bater.

— A senhora Sílvia não está? — perguntou.

— Eles devem estar trabalhando, mas sempre almoçam em casa.

— Sabe o horário? — Clark pôde notar que se tratava de uma daquelas vizinhas fofoqueiras, que tomam conta da vida dos outros. — Sou o detetive Clark. — Mostrou o distintivo.

A vizinha fechou a janela.

Eles... Então ela mora com alguém. Vou esperar.

Clark viu uma lanchonete quase em frente que proporcionaria uma visão estratégica da entrada e saída dos moradores daquele condomínio luxuoso.

Pediu um sanduíche com refrigerante e percebeu como estava com fome.

De sobremesa, um sorvete de casquinha. Ele sempre foi alucinado por sorvete de casquinha.

Desde muito jovem, ele nutria um amor intenso por esse sorvete. A culpada disso era a mãe dele, que agora descansava no céu. Ela costumava dar a ele essa iguaria sempre que saíam de casa.

No entanto, o nome que ela escolheu para ele era motivo de piada na escola. Uma vez, por pura maldade, um colega deu a ele de presente uma lupa.

— Vai lá, Holmes, resolve esse caso.

E todos na sala de aula riram dele.

Da outra vez, foi a capa do Super-Homem que ele encontrou no banheiro do vestiário, no lugar das suas roupas que tinham sido levadas, com um bilhete: *volte voando para casa, Clark Kent.*

Ele voltou para casa furioso, enrolado na capa.

Mas tudo isso só serviu para desenvolver a sua vocação de detetive. Desde cedo dizia para a mãe que essa seria a sua carreira.

Ganhou um prêmio da Academia de Polícia, foi notícia nos jornais por resolver crimes famosos e convidado para palestrar sobre o tema.

Criou-se até um jargão a seu respeito: Tá complicado? Chama o Holmes.

Clark jogou o resto do sorvete fora ao perceber que alguém abriu a porta do apartamento de Sílvia.

Por que não atendeu quando eu bati na porta?

Um sujeito musculoso e bonitão abriu a porta quando ele tocou a campainha.

Ele exibiu o distintivo:

— Detetive Clark, boa tarde. Podemos conversar?

— Muito prazer, meu nome é Bruno. — Abriu a porta sem camisa e o convidou a entrar.

— A senhora Sílvia mora aqui?

— Mora, é a minha esposa, mas não está no momento.

— Onde está a sua esposa?

— Na casa de uma amiga dela.
— Ela não foi trabalhar hoje?
— Não, acho que está doente. — Bruno coçou a cabeça.
— E por que não está com você?
— Nós tivemos uma briga ontem. Sílvia tem bebido demais. Saímos para jantar e ela quase não comeu, só bebeu.
— E então?
— Por que quer saber? O que o senhor está fazendo aqui? Aconteceu alguma coisa com ela?
— Falamos sobre isso depois, continue a sua história.
— Depois da briga, ela pegou o carro e saiu.
— Você não falou mais com ela? — Clark olhou para ele, desconfiado.
— Mandei várias mensagens, liguei para ela e nada. Como está zangada comigo, deduzi que ela não queria conversa. Sílvia é assim, quando fica irritada, não quer falar com ninguém. Eu deixo, sabe? Sou apaixonado pela minha mulher e ela está esperando um filho meu, não quero contrariá-la.

Clark olhou fundo nos olhos dele.

— Pois é, a mãe do seu filho foi encontrada na noite passada, totalmente nua, na encosta da Serra das Araras.

— Meu Deus! A minha mulher morreu? Morreu?! Como foi isso? Eu já cansei de falar para ela não dirigir quando bebe, mas ela não me ouve!

Um dramalhão mexicano, pensou Clark.

— Como assim, dirigir? Não tinha nenhum carro lá... — Clark argumentou.

— Foi um assalto? Roubaram o carro dela? Ela foi estuprada? Ó, Deus!

Um astro digno de Hollywood.

— Você pode me acompanhar até a delegacia?
— Posso ir amanhã? Tenho coisas importantes para resolver no trabalho.
— Tudo bem, mas não deixe de ir. Aqui está o meu cartão com endereço e telefone.

Ao entrar no carro, ele refletiu: *ele nem perguntou onde sua mulher está.*

Clark preferiu não dizer que ela estava viva. Primeiro, queria conversar com ela e talvez já efetuar a prisão do "bonitão" no dia seguinte, durante o depoimento.

Seu telefone tocou:
— Detetive Clark, aqui é o Bruno. Onde está o corpo da minha mulher?

Ah, bonitão! Lembrou agora que tem esposa?

— Ainda não sei para onde ela foi levada, não cuido dessa parte, só da investigação. Vou me informar e amanhã eu te digo.

Ele estava certo de que ela havia morrido.

Ele pode ter embebedado ou drogado a esposa...

... Tirado sua roupa para simular um estupro... a enfermeira disse que o laudo não acusou nada a esse respeito...

... Não tinha nenhum carro lá. Se fosse acidente provocado por álcool, o carro, com certeza, estaria espatifado na encosta da serra...

... Dormiu na casa da amiga? Que amiga?...

... Como é que um marido que se diz apaixonado deixa a esposa sair de casa bêbada e sentar atrás do volante de um carro? Ela estava esperando um filho dele...

... E o celular dela, onde está? A polícia só achou os documentos? Eu nem perguntei, estou muito cansado, preciso de férias...

... Se acharem o celular, posso checar as ligações e as mensagens, e ver se ele falou a verdade...

.... *Ou através do próprio celular dele, que eu confiscaria amanhã, depois do depoimento...*

... Esses crimes entre casais sempre envolvem dois motivos: traição ou dinheiro.

Clark ligou para o Alencar, que trabalhava em parceria com ele:

— Acharam o celular dela? Mais alguma coisa?

— Só a bolsa com os documentos.

— Não tinha mais nada na bolsa?

— Tinha um batom, uma escova de cabelos e um pacotinho de cocaína.

— Cocaína? Então ela usa drogas? Ela estava grávida... Enviaram para a perícia?

— Enviaram, o resultado deve chegar até o final da semana.

— Vou passar no hospital para ver se ela já acordou, chego aí mais tarde.

Clark entrou no quarto do hospital e Sílvia abriu os braços:

— Oi, amor! Que bom que você chegou, estava com saudade.

Ele olhou para trás, procurando o marido dela. Não tinha ninguém.

— *Eu* sou o seu amor? — perguntou, incrédulo, apontando o próprio peito.

— Engraçadinho, vem aqui.

Clark se aproximou e ela o abraçou.

— Meu amor... — Segurou o rosto dele e beijou a sua boca.

Clark se afastou. Estava desorientado.

— O que aconteceu, a-amor? — ele gaguejou.

Não adiantaria nessa hora tentar trazê-la à realidade. Isso só a deixaria mais transtornada. Precisava ir devagar; sabia que ela estava sob grande estresse emocional e não fazia ideia do que aconteceria quando ela descobrisse que havia perdido o bebê.

— Eu caí da escada de novo? Minha perna está doendo...

— Você fraturou o tornozelo, fique quietinha.

Ele acariciou o cabelo dela:

— Do que você se lembra?

— Nós estávamos montando a árvore de Natal e...

Agora fudeu de vez! A mulher pirou! Estamos em fevereiro! Precisava conversar com o psiquiatra forense. Não sabia como resolver a situação.

— Deita aqui comigo, vamos fazer amor.

— Para com isso, Sílvia.

— Sílvia? Que Sílvia? Esqueceu que meu nome é Nora? É mais uma das suas brincadeirinhas?

Ela gemeu, acomodando a perna engessada.

— Nós já fizemos amor em tantos lugares... mas nunca numa cama de hospital. Vem, Jason.

A enfermeira entrou no quarto:

— Como ela está?

Ele cochichou:

— Doida, totalmente doida.

— Como você está, Sílvia? — perguntou a enfermeira.

— Mas que inferno! É algum tipo de pegadinha?! Meu nome é Nora! Nora! — gritou.

— Doida e irritada — cochichou de novo.

— Ela precisa descansar. Volte amanhã.

— O meu marido não vai a lugar nenhum!

— Xiii! Você acabou de ganhar uma esposa! — a enfermeira colocou o medicamento no soro.

— Tá bom, eu fico aqui. — Clark se aproximou e segurou a mão dela, até que caísse no sono.

— Irene, pergunte ao médico se pode mantê-la sedada por mais um dia. Eu preciso desse tempo. Coitada...

Clark conhecia quase toda a equipe de enfermagem do hospital e gostava especialmente de Irene, sempre disposta a conversar com ele. De vez em quando, ele trazia uma barra de chocolate para ela, que aceitava de bom grado com um sorriso: *ah, adoro suborno!* — e dava risada.

Ele acariciou o rosto da Sílvia.

— Vou falar com o psiquiatra forense.

— O doutor Arthur? — perguntou a enfermeira.

— Ele mesmo. Vou trazê-lo aqui amanhã. Casos assim não são muito comuns de acontecer. O depoimento do marido dela está marcado para amanhã de manhã e eu preciso estar lá.

— Meus parabéns, você ganhou uma esposa muito bonita. — Irene riu.

— Para com isso, estou com pena dela. Às vezes, o sofrimento é tão grande que nosso cérebro encontra caminhos para amenizar a dor no coração.

Na manhã seguinte, Bruno não compareceu ao depoimento. Clark ligou várias vezes e ele não atendeu.

— Alencar, vê se consegue rastrear o celular dele. Quero um mandado de busca e apreensão para o apartamento, pode ser que eu encontre o celular dela.

— Vai ver a sua "esposa"? — Alencar riu.

— Para de palhaçada, vou buscar o psiquiatra forense e levá-lo ao hospital. Põe a polícia na rua e vai procurar esse cara!

Doutor Arthur, o psiquiatra, não o deixou entrar no quarto do hospital.

— Não entre aqui, só vai perturbar mais ainda a cabeça dela. É uma sessão privada, não quero ninguém no quarto, nem a enfermeira.

Clark já havia explicado tudo a ele no caminho, desde quando a encontrou na encosta da Serra das Araras.

Com o mandado na mão, Clark entrou no apartamento, depois que os policiais arrombaram a porta.

Um apartamento com vista privativa para a encosta arborizada.

Uma decoração minimalista e ao mesmo tempo luxuriante, com plantas espalhadas pela casa.

Na ampla suíte do casal, ao lado de uma parede espelhada, uma hidromassagem.

Abriu os armários e viu que as roupas de Bruno não estavam lá; nada no lugar apontava a presença dele. Parecia que ele nunca havia morado ali.

Vasculhou as gavetas e numa delas eram guardadas calcinhas. Num ímpeto, pegou uma delas e cheirou.

Não faz isso, Clark. Resolva a sua carência.

No terceiro quarto, encontrou um ateliê conjugado com um escritório, com livros na estante e um sofá aconchegante. Na bancada, um notebook fechado, com folhas de papel em branco ao lado da impressora.

Um manequim olhava para ele com cara de desconfiado.

O ambiente da casa que mais o impressionou foi a varanda envidraçada.

Uma piscina não muito grande com cascata ocupava metade do espaço da varanda; um tatame, uma cama de massagem, em meio a uma grande quantidade de plantas.

Em uma estante pequena, um CD player e alguns livros: *Kama Sutra*, *Técnicas de prazer* e *Massagem tântrica*.

No canto, ao lado da piscina, uma cesta com alguns brinquedinhos sexuais.
A turma aqui gosta de farra...
Ele podia sentir no ar o cheiro da excitação e do desejo.
Nem motel cheira assim.
Remexeu nos CD's: *rocks* românticos, *jazz*, *blues* e alguns temas relaxantes para meditação.
Esta casa não comporta filhos, não foi decorada para este fim. Será que ele tentou matá-la porque não queria filhos?
Sentou na poltrona da varanda e apreciou a vista.
Um lugar construído para sonhar, para amar...
Na lateral da varanda, outro quarto menor para guardar coisas.
Uma cozinha não muito grande, mas totalmente equipada. Ali qualquer um cozinhava.
Observou o faqueiro sobre a bancada; nenhuma faca faltando.
Retirou da lixeira uma caixa de comprimidos vazia, do tipo usado no golpe "boa noite Cinderela"; pegou com os dedos enluvados e a colocou no saco plástico de evidências.
Que idiota, deixando rastros de merda pelo caminho.
Ao voltar à suíte, percebeu um livro na mesinha de cabeceira. Abriu na página onde se encontrava o marcador.
E ali estava, no primeiro parágrafo da página:

"— Nora, desce da escada, você vai cair — Jason exclamou, preocupado."

Eles estavam montando a árvore de Natal.
Clark sentou na cama e abaixou a cabeça.
"Aí está a explicação: devaneios para fugir de uma realidade dolorosa."

Não havia sinais de luta corporal, sangue ou móveis revirados. O local estava limpo e arrumado.

— Chamem o chaveiro e mandem consertar a porta, trocar a fechadura e enviar a chave para a delegacia — falou com os policiais, ao deixar o apartamento.

— Eu quero ir embora! Estou farta dessa cama de hospital! — Nora estava exaltada.

— Tudo bem, eu levo você. Só me diz o endereço — falou doutor Arthur com a voz calma.

— Eu moro no Maine! No Maine! Como vim parar no Brasil? Cadê o meu marido?

— Você tem um apartamento aqui no Brasil, eu posso levar você lá.

— Eu quero ir para casa com o meu marido!

— Você é estilista?

— Não, eu sou pintora e o meu marido é o chefe da polícia de lá.

Pelo menos nessa o Clark se deu bem.

— Vou falar com o médico para saber a data programada da sua alta.

— Eu agradeço, não aguento mais esse hospital!

A enfermeira chegou e o doutor se levantou.

— Não esqueça de dar os medicamentos dela, eu volto amanhã.

Esse era o caso de perda de memória mais assustador que ele já havia testemunhado na sua profissão.

Não era fingimento: ela era eloquente demais, natural demais e depois que ele leu o livro que Clark mostrou, não tinha mais dúvidas.

O próximo passo seria articulado com Clark. Ele precisava da ajuda do detetive para trazê-la de volta. Não seria um caminho fácil, mas ele tinha que tentar.

CAPÍTULO 2
Um recomeço

Sílvia passou pela porta da mansão, puxando a mala.
— Aonde você vai? — seu pai a interpelou.
— Estou indo embora daqui.
— Vai morar sozinha?
— Qual o problema? Já sou maior de idade e dona do meu nariz.
— Vai me deixar sozinho aqui nesse casarão?
— Aproveite a companhia do "titio" — ironizou.
— Não entendo essa sua implicância com ele, Sílvia.
— Depois não diga que eu não avisei.
— Avisou o quê, Sílvia?
— Eu já cansei de falar, não adianta repetir, você não acredita em mim.
— Aonde você está indo? Para o apartamento que a sua mãe te deu?
— Vou, e não fique xeretando a minha vida, quero viver em paz! — bateu a mala do carro. — Desde que a mamãe morreu eu não sei o que é isso.
— O ateliê de costura já está funcionando?
— Já, pai. Quantas vezes eu tenho que repetir? Por que você não escuta o que eu falo?
— Vou sentir muita saudade de você. Espero que pense melhor e volte logo para casa.
Ela ficou com pena da tristeza dele.

— Eu te amo, pai, mas não consigo mais viver com meu tio dentro dessa casa.

— Eu não entendo...

— Será que eu tenho que repetir tudo de novo? Ele...

— Como vai a minha sobrinha linda? — seu tio chegou balançando a chave do carro.

— Eu vou indo, pai. Preciso me afastar um pouco, preciso de um tempo pra mim.

Beijou o pai e não falou com o tio.

Eles ficaram olhando o carro se afastar.

— Aonde ela está indo? — perguntou o tio.

Seu irmão o encarou:

— Embora. Por que será?

Virou as costas e entrou em casa.

Sílvia entrou no seu apartamento e apoiou as duas malas no chão.

Estava tudo novinho; a pintura, os móveis que ela escolheu com capricho, os eletrodomésticos, as plantas...

Ela entrou em cada cômodo, inspecionando tudo.

Agora, sim, vou viver em paz.

Ligou para o ateliê:

— Oi, Bruno. Hoje eu não vou aparecer aí, estou de mudança. Está tudo em ordem?

— Está, gata. Daqui a pouco vou levar os três vestidos para a boutique da Ester.

— Espero que ela aprove, eles deram muito trabalho. Até amanhã.

Sílvia sempre quis ser estilista. Desde pequena, passava horas desenhando e colorindo vestidos de papel para as suas bonecas.

Sua mãe, que se foi tão cedo, era sua amiga, seu maior amor. Desde sempre foram muito unidas: ela era filha única e o centro das atenções dela.

Sílvia não contou a ela sobre os assédios do tio; sua mãe estava de cama, sofrendo com câncer.

O pai não acreditava nela; havia perdido a confiança dele desde a adolescência, quando Sílvia mentia e aprontava algumas, saindo às escondidas para suas farras e encontros, coisas típicas dessa fase.

Logo após completar quinze anos, sua mãe morreu e ela se entregou ao namorado por quem era apaixonada, antes que seu tio se apoderasse dela.

Ele assediava Sílvia e, ao descobrir que ela saía para encontrar o namorado, contou tudo para o pai dela, que a colocou de castigo.

Filha minha só sai de casa para casar, era a frase que ele repetia sempre.

Arcaico, burro e cego. Até que eu aturei muito tempo.

Seu telefone tocou. Era Bruno.

— Oi, gata, eu de novo. Eu estava observando aquele vestido vermelho no manequim e lembrei de você. Queria te fazer um pedido... veste pra mim?

— Pra quê, Bruno?

— Você vai ficar magnífica dentro dele! Aliás, toda vez que eu olho para ele, eu penso em você. Bem... não preciso nem olhar pra ele, você não sai da minha cabeça.

— Bruno, é melhor você parar com essas brincadeiras. Nós trabalhamos juntos e temos uma relação profissional.

— É uma pena. Quer que eu peça demissão?

— Até amanhã, Bruno. — Ela riu.

Sílvia suspirou:

Esse cara está querendo me tirar do sério... É melhor deixar os meus diabinhos quietos.

Ela entrou no seu escritório, um espaço projetado como uma extensão do seu ateliê. Ali pretendia desenvolver seus desenhos mais ousados, nos seus momentos de tranquilidade. Ela esperava que fossem muitos desse dia em diante.

Uma bancada com computador e impressora, uma prancheta, canetas, papéis, lápis coloridos, réguas e dois manequins.

Na parede do fundo, a sua estante de livros, ainda pobre, com poucos exemplares.

Vou sentir falta do meu mundo mágico.

A biblioteca era o lugar da casa que ela mais gostava, talvez porque ali ela passara seus melhores momentos com a mãe.

Toda aquela suntuosidade a transportava para lugares imaginários.

Um lugar mágico, repleto de história e encanto. Localizado em um canto especial da casa, esse santuário literário, seu refúgio tranquilo, era um espaço onde as páginas ganhavam vida e as histórias sussurravam ao vento.

As estantes de mogno se estendiam até o teto, repletas de livros raros e encadernados com detalhes dourados. Cada prateleira era meticulosamente organizada, oferecendo uma vasta coleção de conhecimento e aventura.

Uma escada de madeira elegante deslizava suavemente ao longo das estantes, permitindo acesso fácil aos livros mais altos.

Sílvia sorriu ao lembrar da mãe:

— A princesa encantada voa na sua nave mágica! Vrum, vrum, vrum! — ela falava alto, empurrando a escada, enquanto Sílvia ria e se segurava no degrau.

A iluminação suave e difusa criava uma atmosfera acolhedora e serena. Lustres com cristais cintilantes pendiam do teto alto, lançando um brilho sobre as páginas amareladas dos livros.

Nas paredes, tapeçarias ricamente bordadas exibiam cenas de contos de fadas e aventuras épicas, transportando quem as observava para outros mundos e épocas. Tapetes persas adornavam o piso de madeira polida, proporcionando uma sensação de conforto sob os pés.

No canto mais afastado da biblioteca, encontrava-se o cantinho especial que a mãe de Sílvia havia projetado para ela.

Uma cama aconchegante, cercada de estantes baixas, repleta de almofadas e mantas macias. Uma janela em arco oferecia uma vista serena para o jardim, deixando a luz do dia banhar o espaço com suavidade.

Era nesse cantinho acolhedor que ela passava horas desenhando e colorindo, enquanto sua mãe se entregava aos romances apaixonantes. A lembrança desse lugar seguro e amoroso era um consolo diante das dificuldades que enfrentava.

O cantinho oculto, dentro daquela biblioteca luxuosa, era um refúgio pequeno e secreto, acessível apenas para ela. Uma estante ornamentada encobria uma passagem camuflada, revelando um espaço íntimo e mágico.

Ao mover cuidadosamente um dos livros na estante, *O Pequeno Príncipe*, seu preferido, revelava-se uma alça disfarçada.

Ao puxá-la, a estante deslizava suavemente, revelando uma passagem estreita que dava acesso a uma sala com janela de vitrais coloridos que, filtrando a luz do sol, derramava um brilho suave, como um caleidoscópio.

Na sala aconchegante, decorada com almofadas coloridas, uma pequena mesa e uma cadeira. Um cavalete com tela e material de pintura ficavam próximos à janela.

Na prateleira no alto da estante, camuflado com capas falsas de livros, havia um nicho escondido.

Ali, sua mãe guardara a escritura de um imóvel que ela ganhou de presente ao completar quinze anos. Sílvia começara a guardar dinheiro no mesmo local. Gostava de ver os maços se acumulando lá dentro.

Depois da morte da mãe, era nessa sala mágica que ela se escondia, registrando num diário seus pensamentos, seus sonhos, seus planos. Era um lugar onde podia se expressar livremente e planejar como escapar das ameaças que pairavam sobre ela.

Esse cantinho oculto era um símbolo de independência e força, um lugar onde se sentia protegida, fortalecida e capaz de enfrentar os desafios que a vida lhe apresentava.

Sílvia encostou a cabeça na cadeira giratória:

Eu me lembro... ele falava ao telefone... não sabia que eu estava na biblioteca.

Será que meu tio estava realmente tramando a morte do meu pai?

Talvez eu tenha escutado errado... ele falava em voz baixa e tinham as paredes...

Talvez o horror e o nojo que eu sinto dele tenham aguçado a minha imaginação...

Diante da situação angustiante e sem o apoio emocional da mãe, ela tomou a difícil decisão de deixar a sua casa e buscar uma nova vida. A carreira de estilista já começava a dar bons frutos. Era a sua chance de escapar de uma família disfuncional.

CAPÍTULO 3
Uma traição

Sílvia chegou ao ateliê com uma incrível sensação de liberdade. Aos poucos, sentia o peso sair das suas costas.

— Poxa, que saudade, chefa! — Bruno a abraçou.

Ele era o seu assistente pessoal; cuidava das vendas, da administração do ateliê e coordenava o trabalho das costureiras, além de ser um excelente cartão de visitas. Um homem educado, bonito, musculoso e sedutor. As mulheres se encantavam com ele.

Sílvia pouco sabia sobre a vida dele. Ele dizia que havia sido abandonado na infância e criado num orfanato.

De vez em quando, após o trabalho, ele a acompanhava até o seu apartamento para ver os novos modelos que ela estava criando.

Certa noite, enquanto bebiam na sala, ele confessou o seu amor por ela:

— Eu não precisava falar, você já deve ter percebido que eu estou apaixonado por você.

— Bruno, não é conveniente, trabalhamos juntos...

— E qual é o problema? Eu já falei, por esse amor, eu peço demissão.

— Também não precisa chegar a tanto...

— Eu sei que você sente alguma coisa por mim, por que não me dá uma chance?

Ele se aproximou dela:

— Vem aqui, gata. Se você não gostar...

Bruno a envolveu em seus braços e a beijou apaixonadamente.

Sílvia sentiu o sangue ferver nas veias e o calor no centro do seu corpo derrubou as últimas defesas que tinha.

Amaram-se com paixão.

Desse dia em diante, estavam sempre juntos e às vezes Bruno dormia no apartamento dela.

Foi ele quem lhe ensinou a massagem tântrica e ela estava a cada dia mas apaixonada. A química entre os dois era de botar fogo na cama, ou no tatame, ou na piscina...

Após um ano de um amor tórrido, ele a pediu em casamento.

Na cerimônia simples, Sílvia não queria ostentação, seu pai a conduziu ao altar e ela respirou aliviada ao constatar que seu tio não tinha comparecido.

Sílvia e Bruno passaram a lua de mel em Ilhabela, um lugar idílico, num chalé em meio à natureza.

A vida a dois seguia bem, cheia de amor e de planos para o futuro, mas Bruno de vez em quando a atormentava com perguntas sobre o seu passado:

— Por que você nunca me falou sobre o seu pai? Eu só tive a oportunidade de conhecê-lo no nosso casamento...

— Por que você não me falou que é milionária? Não confia em mim?

— Por que vocês não se falam? O que está acontecendo?

Sílvia não queria falar sobre esse capítulo da sua vida. Queria deixar tudo para trás e, por isso, sempre desviava do assunto.

— Não nos damos bem, é só isso. Eu sempre quis ter a minha vida independente — argumentava.

Depois de muita pressão, Sílvia contou toda a sua vida e ele soube da fortuna que ela herdaria do pai, apesar de não falar com ele.

Bruno agora sabia que ela era a única herdeira e que corria perigo, devido às ameaças do tio.

— Você é uma desmiolada! Não tem uma apólice de seguro de vida? Não precisa andar com um segurança?

— Não seja exagerado, meu tio não vai fazer nada.

— Eu me preocupo com você, gata. Precisamos cuidar da sua segurança.

Mas...

... Existia Clarisse.

Bruno se aproveitava da sua beleza, dos seus músculos e do seu poder de sedução para se dar bem com as mulheres.

Ele morou com Clarisse enquanto era conveniente. Ela bancara seus luxos, seus caprichos, certa de que se casariam e viveriam o seu "felizes para sempre".

Sem muitas explicações, Bruno havia deixado Clarisse, se casado com Sílvia e ido morar no apartamento dela.

Clarisse chorava de saudades dele e não entendia por que ele havia feito isso; a relação era estável e eles já falavam até em casamento.

Então, ela contratou um investigador particular e descobriu tudo. Exigiu um encontro, após descobrir onde ele estava morando.

Clarisse o pressionou para que ele voltasse para ela e, como Bruno era viciado em sexo e por medo de que ela confrontasse Sílvia, mantinha as duas mulheres presas a ele.

Um tempo depois, ele descobriu, através de um documento que achou numa pasta, que Sílvia abriu mão da fortuna do pai.

Teve um acesso de raiva e passou a brigar constantemente com ela e, de vez em quando, a dopava para dormir com Clarisse.

Era o aniversário de segundo ano do casamento. Eles saíram para jantar e dançar, como faziam habitualmente.

Sílvia sentia-se nas nuvens com esse amor de comunhão de corpos, com o desejo que só aumentava entre os dois, ligados por uma forte energia sexual.

Eles dançavam abraçados, trocando carícias ousadas, quando Bruno sussurrou, propondo que eles procurassem um motel, porque ele não aguentaria esperar até chegar em casa.

Ela riu e disse entre murmúrios carinhosos que a proposta era irrecusável, mas ele teria que levá-la no colo, porque estava bêbada.

Encontraram um motel na estrada da Serra das Araras.

Bruno apagou as luzes, colocou uma música romântica e serviu mais bebida a ela.

— Bebe, gata. Hoje vamos ultrapassar todos os limites.

Ele se deitou sobre ela e murmurou:

— Você vai conversar com os anjos e vamos ver o arco-íris depois de explodir de amor.

Sílvia não viu o arco-íris.

Seu mundo escureceu.

CAPÍTULO 4
Uma investigação

Bruno saiu de cima de Clarisse com um suspiro e deitou ao seu lado na cama.

Ela o abraçou:

— Eu sabia que você era meu, sempre foi. Não deixaria uma qualquer se intrometer no nosso amor.

— Eu joguei o carro dela na represa.

— Quando?

— No dia seguinte, logo de manhã.

Bruno estava precisando desesperadamente de dinheiro para alimentar seu vício em jogo. Então, bolou um plano com Clarisse para assassinar Sílvia e ficar com o dinheiro da apólice de seguro, da qual ele era o único beneficiário.

Clarisse era uma mulher apaixonada, disposta a tudo para não perder o seu amor.

Durante aquele jantar romântico, ele embebedou e drogou Sílvia e a levou para um motel. Não conseguiu matá-la e ligou para Clarisse.

Ela foi se encontrar com ele de táxi na porta do motel e seguiram juntos para a Serra das Araras, com Sílvia desmaiada e nua no banco de trás.

— Trouxe a arma? — perguntou ele.

— Está aqui. — Clarisse tirou-a da bolsa.

— Atira nela! — Bruno ordenou.

— Não tenho coragem.

Bruno pegou a arma da mão dela e apontou para a Sílvia.
— Merda, eu também não. Preciso de ajuda com o corpo.
— O que você vai fazer?
— Jogar lá embaixo, é morte certa.
Em seguida, Clarisse arremessou a bolsa.
— Colocou o pacotinho de droga lá dentro?
— Coloquei.
— Quando acharem, *se* acharem o corpo, vão pensar que foi só mais uma viciada que se vendeu por drogas.
O dono de uma barraquinha de frutas de beira de estrada observava tudo, escondido no mato, do outro lado da calçada.
Depois que os dois foram embora, ele correu até o posto de gasolina e chamou a polícia.
Não quis ficar; sentiu medo de ser acusado do crime e se calou.

— Aquele detetive não te procurou mais? — perguntou Clarisse.
— Não sei, nunca mais voltei ao apartamento e passo longe de lá. Troquei até o número do telefone.
— Ela está morta mesmo?
— Deve estar. Você acha que eu vou procurar saber? Eles vão me pegar!
— O que não fazemos por amor... — Clarisse suspirou.
— Você foi minha parceira, como sempre. Não seria possível sem você. — Bruno a beijou.
— E o seguro?
— A polícia deve estar de olho, vou aguardar mais uma semana e acionar a apólice. Um milhão de reais! E ainda tem a parte dela na empresa do pai! Mas vamos devagar.

O detetive, determinado a encontrar Bruno e descobrir a verdade, começou a rastrear os conhecidos e contatos dele. Descobriu que Bruno tinha um amigo próximo chamado André, que morava em uma cidade vizinha.

— Então, Alencar. Conseguiu descobrir o endereço do cara?

— Mas você me pediu isso minutos atrás e já está me cobrando?

— Vocês são todos um bando de lerdos! Eu resolvo isso.

Enquanto dirigia até o ateliê, seu telefone tocou:

— Olá, Clark. Já resolveu o caso?

O terapeuta não parava de ligar.

— Não, doutor. Estou quase lá.

— Por que a demora?

— Eu apresso os seus casos?

— Eu estou precisando de você.

— Eu também estou precisando de mim. Todo mundo me liga o tempo todo, preciso de férias.

Entrou no ateliê sem bater:

— A Elisa trabalha aqui? — Mostrou o distintivo. — Boa tarde, detetive Clark.

Uma mulher se levantou detrás da máquina de costura:

— Sou eu, posso ajudar?

— Vamos tomar um café aqui ao lado?

Elisa contou tudo o que sabia: confirmou que Bruno e André eram amigos, que era vizinha dele, e passou o endereço.

Disse também que desconhecia o paradeiro de Bruno e que todos estavam preocupados com o desaparecimento de Sílvia. O trabalho de costura estava terminando e eles decidiram fechar o ateliê até a sua volta.

Hoje era o último dia e ela estava triste. Disse que Sílvia era uma excelente patroa e que sentiria saudade de todos ali.

Ele percebeu que ela falava a verdade, ao passar um papel com o endereço do André, com as mãos trêmulas e os olhos marejados.

Com base nessa informação, o detetive obteve um mandado de busca para a residência de André.

Durante a investigação, encontrou evidências que indicavam que André e Bruno mantinham contato. Ele encontrou mensagens de texto e e-mails que sugeriam um plano para escapar da cidade e iniciar uma nova vida no exterior.

Bruno pretendia abandonar Clarisse também.

Enquanto vasculhava o *notebook* de André, ouviu um barulho alto vindo do andar de cima, que ele já havia inspecionado.

Descobriu que Bruno estava escondido no sótão da casa de André.

— Poxa, cara! Que coincidência encontrar você aqui! Sentiu minha falta? — Colocou as algemas nele.

— Você não pode me prender desse jeito. Do que estou sendo acusado?

— Eu posso sim, quer ver o mandado? Por que não compareceu à delegacia para prestar depoimento?

— Sou uma pessoa muito ocupada.

— Vai ter que arrumar um tempo pra mim, sinto muito.

Durante o depoimento, Bruno se surpreendeu ao saber que Sílvia estava viva. O detetive armou uma arapuca pra ele.

— Pois é, cara. Sílvia contou tudo o que você fez... Quanta covardia! Ela estava esperando um filho seu!

Bruno não sabia que ela tinha perdido a memória e, diante das evidências contundentes, percebeu que não havia mais escapatória. Pressionado, decidiu colaborar em troca de uma possível redução da pena.

O terapeuta ligou de novo:

— Já prendeu o cara?

— Já, mas ainda não concluí o caso.

— Deixa de ser perfeccionista! Estou precisando de você. A mulher está destruindo o hospital, atira coisas nas pessoas, até em mim, que sou o seu terapeuta! Se ela não se acalmar, vou ter que interná-la num hospital psiquiátrico.

— Ela já recuperou a memória?

— Não, continua a dizer que se chama Nora e que você é o marido dela. — Deu uma risadinha. — Por isso eu preciso de você.

— E eu preciso de férias...

Clark confrontou Clarisse com as informações fornecidas por Bruno. A pressão das evidências e a perspectiva de incriminação fizeram com que ela cedesse e confessasse o plano diabólico que eles arquitetaram para tirar vantagem do seguro de vida de Sílvia.

Clarisse detalhou como eles planejaram a morte e forjaram a queda no precipício. Ela admitiu a sua participação na fraude e como foram feitas as tentativas de sacar o seguro de vida.

Essas confissões confirmaram as suspeitas, levando-os à prisão. A verdade sobre o plano sórdido foi finalmente revelada.

CAPÍTULO 5
Um marido

Clark descarregou sua energia nos aparelhos de musculação da academia.

Sentia-se aliviado por conseguir colocar na cadeia os culpados do crime. Essa sensação de dever cumprido era inebriante.

Contudo, ainda estava incomodado ao lembrar dela, na cama do hospital, com a perna engessada e totalmente perdida.

Talvez a prisão daqueles dois miseráveis não tenha sido o suficiente. Sílvia está destruída, perdeu seu bebê e talvez não recupere a sua sanidade.

Agora vou planejar as minhas merecidas férias.

Preciso devolver o livro dela...

Abriu a torneira de água fria do chuveiro da academia:

— Urso-polar, por que você não consegue parar de pensar nessa mulher?

No dia seguinte, ao entrar na delegacia, percebeu olhares estranhos dirigidos a ele.

— Bom dia, Clark. — Todos o cumprimentaram.

— O que está acontecendo? Por que estão me olhando?

Entrou na sua sala.

— Hoje todo mundo aqui dentro resolveu me cumprimentar, não é nem o dia do meu aniversário — falou para Alencar.

Abriu o arquivo e pegou uma pasta com um crime pendente de solução.

— Larga isso aí — disse Alencar.

— Até o final da semana eu resolvo isso, você vai ver.

— O chefe quer falar com você.

— Aconteceu alguma coisa?

— Aconteceu, é sobre aquele caso da Sílvia. Ele quer você no gabinete dele com urgência.

— Aconteceu alguma coisa com ela?

— Não sei, pergunte a ele.

Clark largou tudo e se dirigiu ao gabinete do delegado, com o coração aos saltos.

Meu Deus! Será que ela se matou? O doutor falou sobre depressão e suicídio...

Ele reparou os olhares dirigidos a ele, enquanto atravessava o salão e o longo corredor.

É isso, ela se matou e estão botando a culpa em mim. Ah, Deus! Sílvia... não...

Abriu a porta sem bater e invadiu o gabinete:

— Você quer falar comigo, chefe? O que aconteceu? Foi a Sílvia? Ela se matou?

Percebeu que estava tremendo e isso o deixou surpreso. Sempre primou pelo seu autocontrole e equilíbrio nas situações mais conflitantes.

— Senta aí, não é nada disso. Por que está tremendo? Nunca te vi assim...

— É estresse, estou cansado...

— Eu não pediria isso a você se o problema já tivesse sido resolvido. Pelo contrário, só aumenta. Ela teve alta e vai para casa, sob os cuidados da enfermeira Irene, que está com ela em tempo integral. Pelo que eu pude entender, essa mulher é dada a ataques de raiva e de vez em quando explode com a Irene e joga coisas nela.

O delegado coçou os olhos, a ponta da orelha e continuou:

— A Sílvia, ou Nora, sei lá, só quer você e o psiquiatra disse que apenas assim poderá dar continuidade às sessões, porque também está sendo ameaçado por ela. Doutor Arthur disse que você tem o poder de acalmá-la e que vocês dois juntos poderão ajudá-la a se recuperar. A sua única preocupação vai ser vigiá-la o tempo todo e observar o seu comportamento. O doutor pediu que você faça um relatório semanal e entregue a ele.

Clark resmungou:

— Preciso de férias. E eu não sou terapeuta, sou detetive.

— Eu vou explicar, Holmes. O pai dessa mulher tem dinheiro pra cacete e vai se candidatar às próximas eleições estaduais. É amigo do governador, que é amigo do chefão dessa porra toda aqui, entendeu? Eles estão fazendo pressão e o meu rabo está na reta. Não posso decepcionar esse pessoal. Portanto, largue a merda toda aqui e vai cuidar da doidinha. Dedicação integral, até resolver o problema, entendeu?

— Mas eu tenho dois casos pendentes... As minhas férias...

— Eu vou cuidar disso. As férias você tira depois.

O delegado o olhou de cara feia:

— Vai desobedecer a uma ordem minha?

— Não, senhor.

— Não reclame, eu soube que ela é um espetáculo!

O delegado esticou o braço e entregou a ele um recibo de depósito bancário de um valor alto na sua conta.

— O que significa isso? — Clark perguntou.

— O pai dela quer tratamento "classe A" para a sua filha. Fez um pagamento para a Irene, que vai cuidar dela enquanto ela estiver com a perna engessada. Você não vai precisar executar essa árdua tarefa. Imagine, ter que dar banho naquela mulher...

Deu uma risadinha maldosa.

Clark se remexeu na cadeira de cara feia.

— Doutor Arthur vai acompanhá-la com uma sessão semanal de terapia e fornecer o medicamento que ela precisa. Já foi recompensado por isso também.

— Por que ela não fica na casa do pai?

— Ele achou melhor não aparecer agora. Sílvia saiu de casa após uma briga e ele não quer piorar o estado emocional dela.

— Eles não se falam?

— Às vezes, mas o pai monitora a vida dela. Disse que já estava de olho naquele cafajeste que vivia com ela e parabenizou a polícia por colocá-lo na cadeia. Sabe quem ganhou com isso? O nosso querido e eficiente chefão, que botou a mão numa grana violenta para financiar a sua campanha eleitoral.

O delegado se levantou e caminhou até a janela, sem parar de falar:

— Doutor Arthur cogitou a possibilidade de colocá-la numa clínica de repouso; quase perdeu o cargo, tamanha a fúria que o pai dela despejou sobre ele. Ele gritou para o doutor que *filha minha não vai ser colocada em um lugar qualquer e ser tratada como louca. Eu posso indicar outro excelente profissional para substituir você!* — e continuou: — Não me decepcione, Clark. É por pouco tempo, até que a doidinha recupere a sanidade.

Clark levantou da cadeira e se dirigiu à porta:

— Agora virei babá.

O delegado acrescentou:

— Esteja lá amanhã de manhã. A sessão de terapia começa às dez horas, chegue antes para conversar com o doutor.

Ao sair da sala, todos estavam em silêncio, olhando para ele.

— Vocês não têm o que fazer? Vamos trabalhar! — estava muito irritado.

Entrou na sala que dividia com seu parceiro de trabalho:

— Alencar, você sabe como eu sou exigente com os meus casos.

Entregou dois arquivos a ele.

— Nesse aqui falta o resultado do teste de DNA, só para confirmar o que já sabemos.

— Eu sei, porra. Esqueceu que trabalhamos juntos?

— Esse outro aqui está um pouco mais complicado. O garotão se esconde nas costas do papai. Vai dar trabalho, me liga se precisar tirar alguma dúvida.

— Fique tranquilo, vá cuidar da sua "esposa". — Alencar deu uma risada.

— Por que vocês todos não vão à merda?

Abriu a porta e percebeu que os colegas da delegacia cochichavam. Ele os ignorou e se dirigiu à saída, ouvindo os comentários idiotas:

— O Clark vai casar...

— Até que enfim...

— Ele está apaixonado...

— Também, quem não se apaixonaria por um mulherão daqueles?

— Não esquece de mandar o convite...

Eles viram as fotos do arquivo... Clark fervia de raiva.

— O chefe te deu férias para a lua de mel?
— Vocês todos são um bando de babacas!
Bateu a porta, ouvindo as gargalhadas.
Ligou para o doutor Arthur:
— A que horas eu devo chegar amanhã?
— Porra, até que enfim! Precisou levar uma chamada do delegado?
— Fala, porra. Não estou com paciência.
— Chegue às oito e me encontre na lanchonete do hospital. Tenho uma sessão com ela às dez. Preciso te explicar algumas coisas e logo após a sessão ela vai para casa com a Irene, a enfermeira que vai cuidar dela.
— Eu vou junto?
— Agora está com pressa de ver a "esposinha"? — deu uma risada.
— Vai à merda, Arthur. Não piore o meu mau humor.
— Nora vai tirar o gesso daqui a uma semana.
— Nora?
— Pra você ver, até eu estou confuso. É a personalidade dominante no momento. Já cansei de chamar a Sílvia, mas cada vez que eu falo esse nome, ela me xinga. O bom terapeuta segue num ritmo lento, até que o paciente possa confiar nele. Portanto, por enquanto, nós vamos lidar com Nora.

Quando Clark chegou à lanchonete do hospital, o terapeuta já o aguardava.
— Bom dia, Clark. — Empurrou dois livros na direção dele. — Leia, são informações úteis para ajudar no tratamento. Não precisa ler tudo, só as páginas que eu assinalei.
— Por que não chama outro psiquiatra para te ajudar? Eu sou detetive, porra!

— Não reclame, vai ficar uns dias em casa. Não está sempre se queixando que precisa de férias? Aproveite seu tempo para ler um pouco.

— Eu planejava viajar para a praia, arrumar uma namorada, estou precisando.

— Vai trair a sua esposa? — doutor Arthur soltou uma gargalhada.

Clark se levantou:

— Eu vou embora, você que se vire com a doidinha.

Doutor Arthur segurou seu braço:

— Relaxa, cara. Você está muito estressado.

— Pois é, por isso preciso de férias.

— Já vai ganhar uma semana. Vá ao apartamento dela daqui a sete dias, temos uma sessão no mesmo horário.

— Posso ir embora?

— Pode, não deixe de ler os livros. Nos vemos em uma semana no apartamento dela, não se esqueça.

Clark reservou um hotel na praia e arrumou algumas roupas na mochila.

Pegou os livros que estavam sobre a mesa e lembrou do livro que Sílvia estava lendo.

Vou levar também.

Ligou o carro e caiu na estrada.

Estava esparramado na espreguiçadeira, apreciando o mar e bebendo água de coco.

Ah, que maravilha! Era tudo o que eu precisava!

Olhou para o livro do doutor:

Vou começar a ler essa merda.

Abriu na página marcada:

> "*A psicanálise explica que a transferência ocorre quando os sentimentos, desejos e expectativas de uma pessoa em relação a uma figura significativa em sua vida passada são transferidos para outra pessoa, muitas vezes o terapeuta, durante uma relação terapêutica.*
>
> *No trauma emocional severo, a transferência pode desempenhar um papel importante como um mecanismo de defesa.*
>
> *Quando alguém vivencia um trauma intenso, é comum buscar maneiras de lidar com a dor e o sofrimento associados a essa experiência.*
>
> *Um modo de fazer isso é criar uma vida alternativa ou idealizada, na qual o trauma é negado ou minimizado.*"

Interessante... exatamente como está ocorrendo com a Sílvia... o livro que ela estava lendo...

Continuou a leitura:

> "*O paciente pode começar a projetar as emoções, expectativas e necessidades não atendidas relacionadas ao trauma em outra pessoa, muitas vezes imaginando que ela é capaz de curar as feridas emocionais.*
>
> *Esse processo de transferência pode criar uma espécie de 'mundo perfeito', onde o trauma não existe e onde ela se sente segura e amada.*

A transferência inconsciente pode ser mais desafiadora de abordar, pois o paciente pode não estar ciente de como está projetando seus sentimentos e emoções passadas em outras pessoas.

Nesses casos, o trabalho terapêutico se concentra em trazer à consciência essas projeções e trabalhar para uma compreensão mais realista e integrada do passado e das relações atuais."

Ô, saco! Eu vou nadar.

Quando voltou da água, uma mulher com um biquíni minúsculo, sentada em outra espreguiçadeira, o observava.

Oba, vou me dar bem! Escondeu os livros sob a toalha.

Ela levantou e se aproximou dele. Imediatamente ele lembrou de Sílvia, jogada nua no meio do mato.

— Você pode olhar as minhas coisas enquanto eu entro na água?

— Claro, pode ficar tranquila. — Clark exibiu um sorriso sedutor.

— O meu marido já deve estar voltando, ele foi buscar o protetor solar.

— Ah, tá... — respondeu com cara de idiota.

Imbecil, como você pôde pensar que um mulherão desse estaria só na praia?

O marido dela chegou.

— Ah, boa tarde. Sua esposa me pediu para tomar conta das coisas dela. Ela está na água. — Apontou.

O homem olhou para ele com cara de poucos amigos:

— Obrigado, das coisas dela cuido eu.

Ele enfiou a cara no outro livro:

> "A hipnose é um recurso terapêutico que pode ser utilizado em alguns casos, incluindo situações de trauma emocional.
> No entanto, é importante entender que a hipnose não é uma solução única e nem sempre é apropriada para todos os indivíduos ou condições.
> Na terapia, a hipnose pode ser usada para ajudar o paciente a acessar memórias reprimidas ou experiências traumáticas que estão no subconsciente.
> No entanto, é importante ressaltar que a hipnose não é um método de recuperação de memória infalível.
> Além disso, a hipnose não é uma cura instantânea para traumas ou problemas emocionais. Geralmente é usada em conjunto com outras abordagens terapêuticas, como a psicanálise.
> Cada indivíduo é único, e a escolha de utilizar a hipnose ou qualquer outra técnica terapêutica deve ser baseada na avaliação do terapeuta e nas necessidades individuais do paciente."

Blá, blá, blá...
Chega, eu vou dormir.
Nos dias que se seguiram, leu e releu os livros. Leu novamente o romance que achou na mesinha de cabeceira da Sílvia e, em alguns capítulos, ficou excitado.

SEGUNDA PARTE

A lua cheia de maio

"
Não tenha vergonha de gemer — ela sussurrou com uma voz sensual. — Dá tesão."

CAPÍTULO 6
Uma nova vida

Eu cheguei cedo e encontrei o terapeuta tomando café na lanchonete.

Pedi um café e o meu habitual sorvete de casquinha.

— É um prédio luxuoso, os pais deram a ela? — perguntou o terapeuta.

— Herança da mãe, pelo que consta na escritura que eu achei no apartamento.

— Preciso de um favor. Anote sempre que puder os gostos dela, seus hábitos, seus sentimentos, suas atitudes, qualquer coisa que te chame a atenção. Vai ajudar na terapia.

— Vou repetir o que já disse: sou detetive, não terapeuta.

— Eu não estava num dos meus melhores dias.

— Soube que ela tem um ateliê de moda. Você sabe onde fica?

Respirei fundo e olhei para o terapeuta:

— Doutor Arthur, não sei se o senhor sabe, mas a parte que me diz respeito é investigar o crime e botar o bandido na cadeia. O resto não me interessa.

— Você está de mau humor?

— Já disse que não tenho vocação pra babá nem pra terapeuta.

— Vamos tentar. Se não der certo, posso chamar o Alencar, que trabalha com você nesse caso.

— O Alencar? Ele não vai topar de jeito nenhum.

— Por quê?

— Não tem um décimo da paciência que eu tenho para aturar certas sandices do delegado.

— Não se trata de sandices, é um caso atípico que envolve...

— Que envolve dinheiro, pensa que eu não sei? Todo mundo comprado por esse cara, o pai dela.

— Inclusive você.

— Eu não quero esse dinheiro, será todo gasto com ela, pode apostar. Vou guardar os comprovantes e fazer uma prestação de contas no final, você vai ver.

— Vamos subir. — Doutor Arthur se levantou.

— Quanto tempo vai durar essa tortura? Eu tenho casos para investigar!

— Quem sabe o tempo necessário para curar uma psique ferida? Pode levar anos...

— Deus me livre! Eu peço demissão!

Quando entramos no apartamento, ela tomava café de calcinha e camiseta.

O terapeuta levantou os ombros e as sobrancelhas, olhando pra mim.

— Vou me vestir. — Ela saiu da sala rebolando.

— Mais essa agora... — resmunguei.

— Essa não é a Nora, é a Sílvia! Ela voltou! — o terapeuta cochichou.

— Sílvia? Então ela recuperou a memória?

— Não é tão simples assim. Duas mulheres habitam aquele mesmo corpo. Você conheceu a Nora no hospital; hoje, eu te apresento a Sílvia.

— Deus do céu! Que confusão!

— Com o tempo você se acostuma.

Depois que o doutor foi embora, Sílvia ficou ciscando na sala, olhando pra mim, enquanto eu lia um livro no sofá.

— Oi, bonitão. Já ouviu falar em massagem tântrica? É sobre isso que trata esse livro.

— Eu sei, estou lendo — respondi, sem tirar os olhos do livro.

— Se você quiser, um dia posso te ensinar na prática.

— Não estou interessado. — Fechei o livro.

— A minha casa está uma bagunça! Tem muitas coisas aqui dentro que não são minhas, quer ver?

Sílvia entrou no quarto ao lado da varanda e começou a atirar coisas para fora dele.

— Isso não é meu, isso também não, também não...

Eu via voar pela porta tubos de tinta, pincéis e telas em branco.

O terapeuta contou que Nora, a outra personalidade, tinha pedido para comprar material de pintura.

— Eu não quero nada disso aqui dentro, manda tirar!

Eu tentei acalmá-la, sentei na poltrona e falei com a voz baixa:

— Deixa isso pra lá. Você quer tomar um banho de banheira relaxante?

Ela se aproximou com um sorriso e sentou no meu colo, com as pernas abertas.

— Você me acha bonita? — beijou minha boca. — Vamos brincar de cavalinho?

— Não faz isso, Sílvia. Um banho perfumado vai deixar você mais calma.

Levantei e fui encher a hidromassagem. Ela veio atrás, praguejando:

— O que há com você, hein? Não gosta de mulher? É *gay*? Eunuco?

— Não é nada disso...
— Eu sou feia? Não sente nada por mim?
Eu não respondi e coloquei a banheira para encher.
Quando me virei, ela já estava nua.
— Não sente nada por mim? — repetiu, fazendo beicinho.
Cerrei os punhos e gritei com ela:
— Comporte-se! Não estou aqui para ser o seu brinquedinho sexual!
Bem que eu queria.
Saí do quarto, antes que perdesse o controle.

Primeiro relatório:
Sílvia ou Nora?
Nora ou Sílvia?
Nora gosta de pintura e romances.
Sílvia gosta de sexo, de sexo, de sexo.
É engraçada, bem-humorada e faz piada com tudo.
O episódio da tentativa de assassinato ainda não aflorou ao nível consciente.
Ela interpretou a minha permanência na sua casa como proteção, ao me contar a história do tio, que planejava matar o pai dela e ficar com a herança.
Não se recorda do Bruno.
Sílvia ficou irritada ao ver o quarto com o material de pintura que Nora pediu para comprar e teve uma crise de raiva.
Eu não sei o que fazer. Se agrado uma, desagrado a outra.
Virei capacho de duas mulheres doidas.
Estou adorando...

CAPÍTULO 7

Uma nova louca vida

Segundo relatório:

Peço desculpas por não ter enviado o relatório da semana passada, mas elas me ocupam em tempo integral.

Na verdade, não tenho muitas novidades.

Nora sempre se apresenta com um jeito doce, gosta de carinho e é calma no jeito de falar e agir.

A doida da Sílvia insiste em me ensinar massagem tântrica.

Não sei se o termo certo é doida, ela é doida sim, mas por sexo, e eu não sei até quando vou aguentar essa tortura.

Na última tentativa, ela me empurrou no tatame, conseguiu tirar a minha camiseta, mas não deixei que ela tirasse a minha bermuda.

Ela levantou do tatame rindo, foi até a cozinha e voltou com uma banana na mão, porque eu não permiti que segurasse o meu pau.

Muito engraçadinha.

Isso se chama assédio.

Preciso que o doutor me tire daqui, por favor.

Eu me sentia chegando ao limite. Não queria ser o Clark, não queria ser o Holmes, nem o Super-Homem.

Talvez o Harry Potter e colocar a minha vara, sem pena, dentro daquela mulher que me seduzia e me reduzia a um bosta.

Sílvia estava sendo má com os seus joguinhos de sedução e eu sentia a minha sanidade desaparecer aos poucos.

Talvez eu estivesse precisando de sessões de terapia.

Depois de discutir com ela, bati a porta e saí. Fui arrumar uma mulher na rua.

Eu precisava descarregar aquela energia sexual acumulada, senão corria o risco de me comportar como um animal com ela na cama e me jogar de vez aos seus pés, implorando por aquele corpo diabolicamente construído para o sexo.

Não consegui arrumar mulher nenhuma, porque meu corpo implorava por ela e voltei para casa deprimido.

Nora me dominava.

Sílvia me enlouquecia.

Eu não queria que Nora me amasse como o Jay, o apelido que ela usava para o seu marido Jason, queria ser amado como o Clark, do mesmo jeito, com a mesma intensidade.

Percebi que por ela eu faria tudo: abandonaria a carreira, moraria no Maine, no Alasca, ou no quinto dos infernos, contanto que ela ficasse comigo.

Lembrei da minha ex-mulher.

Espero que ela esteja feliz, comigo ela jamais seria.

Aquilo não era amor, ou talvez eu vivesse uma fase diferente da que vivo agora.

É diferente; por Nora eu jogo tudo para o alto, sem pestanejar.

Quando abri a porta da sala, uma visão preencheu meus olhos e eu estremeci.

Nora estava nua, de pé, dentro da piscina na varanda, com os braços abertos e erguidos, de costas para mim, olhando a lua cheia através da janela envidraçada.

Eu fechei os olhos e já ia correr para o quarto, quando ela me chamou:

— Jay, é a primeira noite de lua cheia de maio.

— E o que tem de mais isso? — perguntei com a cabeça baixa.

Um perfume adocicado de incenso preenchia a sala e as velas perfumadas acesas davam um toque de magia ao ambiente.

— Preciso da sua presença para cumprir o ritual, só estava esperando você chegar.

Andando devagar, atravessei a sala escura e me aproximei sem olhar para ela.

— Ligue o som, por favor — pediu ela.

Uma música relaxante e suave encheu a varanda.

— Sente-se na poltrona e relaxe.

Eu não resisti e olhei para ela. Uma luz prateada banhava o seu corpo e a água da piscina, cheia de pétalas de rosa.

Essa mulher não é deste planeta, parece uma deusa.

— Tire a sua roupa e entre aqui.

— Eu não vou fazer isso, Nora.

— Não precisa ficar nu, deixe a cueca.

Eu concordei e entrei na água.

— Sente-se na piscina e relaxe. Feche os olhos e deixe-se levar pela música.

— Você vai ficar em pé? Por que não se senta também?

— Tenho que terminar o ritual.

Um tempo depois, quando a música acabou, ela deitou no meu colo, dentro d'água, e se aconchegou no meu peito. Fechou os olhos e sussurrou:

— No Maine, a época em que eu mais gostava de apreciar a lua cheia era durante a primavera. O céu ficava mais limpo e ela atravessava todo o prado verdejante e florido à minha frente.

"O meu Jay, que eu tanto amo, se juntava a mim na varanda com duas taças de vinho e ficávamos namorando ao luar.

"Várias vezes fizemos amor na relva molhada, enquanto a lua nos observava.

"Eu não sei, mas eu percebia que era nessa fase da lua que ele se tornava mais intenso, mais apaixonado do que sempre foi...

"... O meu Jay..."

Abaixou a cabeça e chorou.

— Vem, está na hora do seu remédio. — Eu a levei para o quarto.

— Deita aqui comigo, por favor. Estou me sentindo tão sozinha.

Eu obedeci.

— Jay, Clark, Holmes, quantos nomes você tem? — ela sorriu.

— Eu sou Clark Holmes de Andrade, muito prazer — sorri para ela. — Estou cuidando de você.

Ela se virou para mim:

— Você sabe como cuidar de uma mulher?

— Acho que não. — Lembrei da minha ex.

Nora abraçou o meu pescoço e beijou a minha boca.

Eu deixei rolar.

Aquela boca quente, macia, feita para ser beijada a vida inteira, era um convite irrecusável.

Ela me abraçou com a perna e a excitação tomou conta de mim.

Tudo em mim pulsava num ritmo acelerado. Era hora de parar, ou tomar aquela mulher maravilhosa nos braços e não a largar nunca mais.

— Nora, não... não podemos fazer isso — sussurrei.

De repente, eu percebi que a estava chamando de Nora e me imaginei sendo o seu amado Jay.

Como eu queria isso!

— Viu? Você me chamou de Nora.

— Desculpe a confusão, eu estou muito cansado e preciso dormir. Boa noite.

Levantei da cama e fui para o outro quarto.

Dormir? Quem conseguiu dormir?

Terceiro relatório:

Nora é sensível, emotiva e romântica.

Sílvia só quer saber de sexo.

Nora fez um ritual belíssimo em homenagem à lua cheia.

Sílvia dançou funk na sala e insiste na tal da massagem tântrica.

Nora é mais calma e mais inclinada à depressão.

Sílvia tem rompantes de raiva e continua tentando me seduzir. Ela ficou bêbada e eu escondi todas as garrafas de bebida.

Às vezes, apresenta um comportamento destrutivo. Aquela pessoa que ela era, tinha sido destruída.

Ela discute consigo mesma durante o café da manhã, não entendo o que ela resmunga.

Dos três, quem está mais confuso sou eu.

Acho que também preciso de terapia.

CAPÍTULO 8

Um só corpo, dois amores

Na segunda noite de lua cheia, eu me sentei no sofá fingindo ler um livro, mas observava Nora o tempo todo dentro da piscina, fazendo o seu ritual.

Ela não falou comigo e eu também não a interrompi.

— Pode pegar o meu roupão, por favor?

Eu ajudei-a a vesti-lo e a levei para o quarto.

— Já está tarde, tome o seu remédio e vá dormir. — Beijei sua testa e a coloquei na cama.

— Boa noite, Jay. Eu te amo.

— Eu também — falei baixinho e saí do quarto.

Na manhã seguinte, Sílvia acordou atacada. Reclamou de tudo durante o café da manhã e não queria tomar o remédio.

Eu dei graças a Deus que era dia de terapia. São os meus momentos de paz, enquanto o doutor conversa com "elas".

Estou preocupado com Nora. Hoje ela não quis fazer o ritual da lua cheia. Está apática e deprimida.

Liguei para o doutor:

— Tenho uma ideia do que pode estar acontecendo. Sílvia está sufocando a Nora e ela se sente fraca — explicou o terapeuta.

— Explique melhor, doutor.

— Não se esqueça de que são duas personalidades distintas ocupando o mesmo corpo. A cura se dará de fato quando apenas uma prevalecer.

— Então isso é bom?

— É claro que sim, mas não dessa forma. Primeiro, uma tem que saber que a outra existe.

"Quando isso ocorrer, chegaremos ao ápice do conflito, do trauma, o lugar onde tudo se tornará claro para ela.

"Após Sílvia tomar conhecimento de tudo o que aconteceu, nós praticamente já teremos resolvido todo o problema. Em mais algumas sessões ela poderá se recuperar totalmente."

— E o que eu devo fazer?

— Provoque. Quando uma estiver presente, chame a outra. Converse com calma, com cuidado, tentando aproximá-las com base no afeto. Diga que elas se gostam e podem conviver em harmonia.

"Elas precisam, em primeiro lugar, se aceitar. Na última sessão eu cheguei perto, mas Nora se esquivou."

— Eu vou tentar.

— Não se esqueça das anotações. Boa noite.

Sílvia sempre acorda antes de Nora. Normalmente sai do quarto de calcinha e camiseta, dançando pela sala.

— *Bonjour, mon'amour!* — faz biquinho pra falar e pisca os olhinhos.

E se atira no meu colo no sofá.

— Bom dia, bebê. — Dou o meu melhor sorriso.

Eu passei a chamá-la assim no dia em que ela foi dormir à tarde emburrada e eu a flagrei chupando o dedo, uma gracinha!

— Eu gosto quando você me chama de bebê.

Ela alisou o meu peito e apertou o meio das minhas pernas.
— O bebê quer mamar... — cochichou no meu ouvido.
Que mulher infernal!
— Levanta de cima de mim e vamos tomar café, estou com fome. — Consegui me livrar dela.
Durante o café, a imagem dela chupando meu pau não saía da minha cabeça.
Acho que vou enlouquecer.
Após o café, ela me levou para a varanda. Fechou as cortinas e deixou o ambiente na penumbra.
— Vamos continuar a massagem tântrica.
— De jeito nenhum! — respondi.
— Prefere o *Kama Sutra*? — acendeu as velas aromáticas.
— Tá doida, bebê? Aquelas posições que eu vi no livro nem os acrobatas do circo conseguem fazer!
Ela me empurrou sobre o tatame:
— Deita aí!
Eu me apoiei para levantar e ela sentou sobre as minhas pernas.
Tirou a camiseta e ficou de calcinha.
— Tira tudo, eu deixo você ficar de cueca. Vira de bruços. — Passou um óleo perfumado nas mãos. — Pulamos a primeira etapa.
— Que etapa? — perguntei.
— Nós deveríamos ficar sentados, de pernas cruzadas, calados, apenas trocando olhares. — Ela passou o óleo, massageando suavemente as minhas costas.
— E por que pulamos essa etapa?
— Porque você é irrequieto.
— Eu posso me sentar e...

Sílvia pressionou as minhas costas com as mãos.

— Fica quieto e para de falar. Você é esperto, eu sei que se ficar sentado, vai levantar e fugir daqui. — Deu uma risada.

Sílvia iniciou uma deliciosa massagem nas minhas costas, com as pontas dos dedos, fazendo a minha pele arrepiar.

Jogou os cabelos para a frente e os deslizou sutilmente, sobre as minhas costas.

— Essa é a massagem *sensitive*, sente só como é gostoso.

Eu continuava arrepiado que nem um ouriço.

Depois, ela me virou de lado e repetiu todo o processo, em seguida, o outro lado...

Ô, coisa boa!

Riu, ao me virar de frente para ela e perceber o meu estado de excitação.

Ela repetiu todo o processo, mas calada.

Seguia com as mãos em movimentos suaves por todas as zonas erógenas do meu corpo.

A diabinha sabe das coisas.

Eu estava quase gozando.

— Você é uma garota muito má, bebê — falei com a respiração fraca.

— Agora é a minha vez de ser massageada. Você já aprendeu a técnica, capriche. Não se esqueça do óleo perfumado.

Eu a virei de bruços e acariciei a sua pele dourada e macia.

Aquela bunda deliciosa subia e descia a cada toque das minhas mãos.

— Chega, Sílvia. Hora de parar. — Tirei um dos joelhos do tatame.

— Não, falta a frente do meu corpo. Você está se saindo muito bem, continue.

O cheiro que exalava dela era o de uma fêmea no cio, aquele hormônio que elas produzem para atrair o macho.

Massagem tântrica era um convite ao prazer. Todos deveriam experimentar, é o céu na Terra.

Toquei seu rosto, seu pescoço, seus ombros, com gestos delicados e repetidos.

Desci as mãos para os seus seios e engoli em seco.

Sílvia gemia baixinho de olhos fechados.

— Abra os olhos, Sílvia. Esqueceu a regra? Olho no olho — ousei falar. Já estava ferrado mesmo.

Acariciei o contorno da sua cintura e dos seus quadris e deslizei as mãos para a parte interna das suas coxas, fazendo uma leve pressão.

Ela gemeu mais alto e eu perdi a cabeça.

Meu pau doía de tanto tesão.

Tirei a cueca e rasguei sua calcinha.

— Vem, bebê. Eu quero amar você agora — implorei.

Eu a penetrei devagar, apesar do meu estado de excitação. Queria sentir cada centímetro daquela boceta gostosa.

— Mais fundo, amor, mais fundo... — ela movia os quadris, num movimento sensual.

Eu calei a sua boca com um beijo; não queria ouvir, só sentir. Aquele corpo embaixo do meu, que eu sonhava em possuir havia meses, que povoava os meus sonhos, que tirava o meu sono, estava ali e eu podia sentir as batidas do seu coração.

E nos perdemos um no outro, numa batalha deliciosa, entre beijos, lambidas, mordidas e sussurros de prazer.

— Eu vou gozar, amor — sussurrou ela.

Sua voz me enlouqueceu e eu estoquei mais forte, mais fundo, sem parar, até alcançar o infinito com ela.

Fiquei deitado sobre ela no tatame, sem saber como sair dali, e percebi que estava irremediavelmente apaixonado.

— Clark, eu preciso respirar.

Eu rolei para o lado dela:

— Desculpa, bebê. Deita em cima de mim.

Ela acariciou meu rosto e sorriu:

— Você estava com fome.

— Ainda estou — respondi. — Vamos para a piscina?

Eu tive uma ideia e sentei no degrau:

— Senta no meu colo e faz amor comigo, olhando pra mim.

Deslizei para dentro dela, beijando seus lábios.

Segurei suas costas e chupei seus seios. Pareciam mel na minha boca.

— Rebola nesse pau que te adora todos os dias. Ele é seu...

Sílvia estava muito excitada, executando uma dança no meu colo.

Eu sussurrei no seu ouvido:

— Chama a Nora, deixe que ela participe também.

— Não, a Nora não — Sílvia resmungou de olhos fechados.

— Deixe que ela venha, vamos dividir com ela esse momento maravilhoso.

Sílvia deitou a cabeça no meu ombro. Nesse instante, eu senti que Nora tinha chegado.

— Jay, meu amor. Você voltou!

Eu a abracei com força, com medo da sua reação.

— Sou eu, o seu Jay. Fica comigo.

Era impressionante; até o jeito de me olhar era diferente. Nora me beijou com paixão e eu retribuí o beijo.

— Eu te amo, Nora. Voltei inteiro pra você.

— Ah, meu amor, meu amor! Não me deixe nunca mais!

— Nunca mais, amor. Sou seu para sempre. — Eu percebi que falava a mais pura verdade.

Ela inclinou a cabeça para trás e grunhiu de prazer e eu pude sentir meu pau sendo sugado, numa pulsação desenfreada que vinha de dentro dela.

Não precisei me mover; meu prazer a inundou enquanto eu beijava seus seios.

Deixei que Nora descansasse um pouco a cabeça no meu peito. Ela acariciava as minhas costas e o seu toque era bom demais.

— Vem, vamos pra cama. — Coloquei o roupão nela e a levei para o quarto.

— Tome aqui o seu remédio.

— Você vai embora?

— É claro que não, meu amor. Vamos dormir juntinhos, até a hora do almoço.

Eu me aconcheguei nela e deitamos de conchinha. Cheirei seu pescoço e murmurei:

— Você é linda e eu te amo muito.

Ela virou a cabeça pra trás:

— Ama quem? Aquela sonsa e sem sal da Nora?

Sílvia voltou.

— Eu amo você, bebê. — Sorri para ela.

— Eu não quero dormir. Por que não saímos um pouco? Estou cansada de ficar presa em casa.

— Vou perguntar ao doutor. Se ele autorizar, nós podemos dar uma volta.

— Por que você me dá esse remédio? Eu fico com sono, não quero dormir.

— Porque precisa, bebê. É só até você ficar boa, falta pouco.

— Por que você me chama de bebê e chama a "outra" de meu amor? Não me ama também?
— Como você sabe?
— Eu ouvi quando você falou, antes de ela ir embora.
— É claro que eu amo você, bebê. — Beijei sua boca.
— Viu? Agora eu estou com sono, por causa desse maldito remédio.
— Dorme só um pouquinho, mais tarde podemos assistir a um filme, jogar cartas. O que você acha?
Olhei para ela. Sílvia já havia adormecido.

Então... Sílvia escutou quando falei com a Nora...
Ah, Deus! As duas são maravilhosas, como escolher?

Quarto relatório:
Sílvia continua a pensar só em sexo. Seu temperamento oscila: às vezes alegre e divertida, às vezes intempestiva e furiosa, nunca deprimida.

Nora é muito romântica e gosta de sexo também. Só não demonstra esse comportamento agressivo igual a Sílvia quando quer fazer amor. Às vezes fica triste, sente falta da sua vida no Maine.

Sílvia gosta de filmes eróticos, Nora também.

Nora curte romances, Sílvia gosta de suspense.

Eu assisto o que "elas" querem, já que nem consigo pegar no controle remoto; elas brigam o tempo todo por ele.

Sílvia gosta de tomar banho na piscina, Nora nem tanto. Só entra na água para fazer o ritual da lua cheia.

Nora gosta de roupas confortáveis; Sílvia, se puder, fica sem elas.

Agora tem briga no café da manhã; Nora gosta de ovo; Sílvia, não.

Nora quer beber suco, Sílvia gosta de café com leite.

Ambas saem da mesa enjoadas.

Você deu a ideia de provocar. Não me culpe.

Fazer amor com as duas foi a experiência mais incrível da minha vida. Eu sinto que, através do sexo, vou conseguir o que você me pediu.

Hoje à noite tem o ritual da última lua cheia do mês de maio, eu olhei no calendário. Vou aguardar.

Sílvia chegou na sala de vestidinho curto.

— Vamos sair?

— Hoje não, amanhã perguntamos ao doutor. Quer jogar cartas?

Ela jogou o prendedor de cabelo no chão de propósito, eu vi. Virou de costas pra mim e abaixou, mostrando a calcinha.

— Sílvia, sossega...

— O que foi que eu fiz? — fez beicinho e piscou os olhinhos.

— Vamos jogar, vou pegar o baralho.

— Tá bom. — Ela suspirou.

Sílvia rouba descaradamente no jogo. Eu finjo que não vejo. Agora eu falo escancaradamente sobre as duas:

— Sílvia, já está de noite. Vamos jantar e depois deixa a Nora fazer o seu ritual.

— O que vamos jantar?

— Eu fiz uma massa com legumes, espero que goste.

— Legumes? Eu não quero legumes! Quero carne!

— Eu posso pedir alguma coisa pra você no restaurante, é só...

Ela me interrompeu num acesso de raiva:

— Você só faz o que a Nora quer! O tempo todo só se preocupa com ela!

— Sílvia...

— E fica chamando por ela o tempo todo!

Eu ri, o que mais eu podia fazer?

— Eu não acredito que você está com ciúmes de você mesma!

Apesar de ter passado um dia incrível, mágico com as duas, eu me sentia esgotado emocionalmente.

Sílvia não falou nada, abaixou a cabeça e fechou a cara.

Eu explodi:

— Se você quiser, eu posso ir embora agora. Não sou sua babá e muito menos o seu brinquedinho sexual! — gritei com ela.

Nora me olhou com cara de assustada e me abraçou:

— Jay, o que está acontecendo? Por que você está nervoso?

— Não é nada, amor. Já passou. — Respirei fundo e fechei os olhos.

— Hoje é a última noite de lua cheia, vou me preparar para o ritual. Você me ajuda?

— Não quer jantar primeiro?

— Estou sem fome, faço um lanche mais tarde.

Coloquei o CD no aparelho, acendi as velas, o incenso e apaguei as luzes, enquanto ela penteava os cabelos.

Eu me sentei e fiquei olhando aquela mulher por quem eu estava perdidamente apaixonado. Nora, Sílvia, não tinha importância o seu nome, eu só queria o seu amor e poder me dedicar a ela o resto da minha vida.

Percebi o quanto eu estava cansado. Minha emoção andava sempre à flor da pele, desde que eu botei os olhos nela pela primeira vez.

Os sentimentos provocavam um turbilhão dentro de mim; a insegurança, o medo de me afastar dela depois que tudo aquilo terminasse e eu tivesse que voltar para aquela vidinha sem graça e vazia.

Ela ilumina os meus dias. Eu acordo feliz e, apesar dos períodos de tensão, tenho momentos de muitas risadas. Há muito tempo eu havia me esquecido de como é bom rir.

Nora se despiu e entrou na água, afundou e emergiu como uma deusa do mar, da lua, sei lá...

Fechou os olhos e ergueu os braços, entoando baixinho um mantra.

Nua, lindamente nua.

Diante daquela visão, eu senti vontade de chorar. Não poderia viver sem Nora, não poderia viver sem Sílvia.

Não tinha nem coragem, nem vontade de me mexer e fiquei ali parado, de pé, admirado e deslumbrado com a beleza dela.

Quando será a próxima lua cheia? Só em junho? Preciso olhar o calendário.

Meu nome é Clark e eu sou o Super-Homem, posso voar até a lua e enchê-la novamente, nem que seja na base da porrada.

Então... se Sílvia ficar boa, eu não vou mais ver a Nora? Não vou mais ver esse corpo prateado pela luz da lua?... Não, por favor, não.

Eu me ajoelhei no chão, olhando pra ela.

— Por favor, não vá — supliquei.

Eu sabia que era uma insanidade pedir isso a ela. Sílvia precisava da cura, não de uma dupla personalidade.

— Vem comigo. — Nora abaixou os braços e os abriu na minha direção.

Eu tirei a roupa e entrei na piscina.

— Eu interrompi o seu ritual...

— Você não interrompeu nada. Você é o amor da minha vida e o amor está acima de todas as coisas.

Eu chorei abraçado a ela. Chorei como uma criança em busca de afeto, perdido na vida, sem saber o caminho.

Nora chorava comigo.

— Eu sempre vou estar com você, não se esqueça — disse baixinho.

E quanto mais ela murmurava doces palavras no meu ouvido, mais eu chorava.

Ficamos abraçados por um longo tempo, não sei quanto. A música suave acabou.

— Estou com frio — falou.

Eu saí da piscina, me enrolei na toalha e coloquei o roupão nela.

— Quer seu lanche agora? — olhei para ela com os olhos vermelhos de chorar.

— Não, eu quero me deitar.

Eu a coloquei na cama.

— Faz amor comigo de novo. — Ela me puxou pela toalha.

Joguei a toalha no chão e subi sobre ela e, enquanto tirava o seu roupão, eu beijava aquele corpo divino, feito especialmente pra mim.

Eu sabia disso, desde a primeira vez que eu a vi, nua e semimorta na encosta da Serra das Araras.

Abri suas pernas e provei seu gosto. Eu queria engolir aquela boceta lisinha, macia. Mordi seu púbis e, quase perdendo o controle, afundei a cabeça entre as suas coxas.

Nora gemeu, eu sabia que estava no caminho certo e dei tudo de mim para que ela tivesse um orgasmo delicioso.

Ele veio em ondas e eu senti suas pernas tremerem nas minhas mãos.

— Ah, meu amor! Entra em mim.

Subi até a sua boca, beijando tudo no caminho e me deliciei de prazer quando a penetrei; quente, receptiva, minha.

Prendi seus ombros na cama e estoquei dentro dela, olhando nos seus olhos.

Ela murmurava:

— Assim.
— Assim.
— Assim.
— Eu te amo, Nora.
— Amo.
— Amo.
— Amo.

Quando eu me aproximava do orgasmo, ela abraçou meu pescoço e cruzou as pernas nas minhas costas.

Girou o corpo e sentou no meu colo.

— Uau! Essa cama está pegando fogo!
— Oi, bebê. — Sorri para Sílvia.
— Eu amo você, meu gostoso.
— Eu também te amo, bebê. — Segurei seus quadris e puxei na minha direção.
— Amo.
— Amo.
— Amo.

E me derramei dentro dela.

Esqueci de dar o remédio.
Dormimos os três abraçados.
Os três?
Preciso de terapia.

CAPÍTULO 9

Uma loucura, uma deliciosa loucura

Uma noite de amor com Nora:
    Ela é encantadora, suave, terna.
Sua posição preferida é sentada no meu colo de frente pra mim, com as pernas enganchadas nos meus quadris.
Olho no olho, como ela diz.
Acaricia meu cabelo, meu rosto e segura a minha nuca com força, beijando a minha boca.
Eu acompanho o seu ritmo lento e sensual, sem apressar nada, só segurando os seus quadris.
Nora é essencialmente sensorial. Ela sabe onde e como tocar para me deixar doido.
Desliza os dedos nas minhas costas, fazendo a minha pele arrepiar.
Eu desconfio que ela, como Sílvia, teve aulas de massagem tântrica, só não confessou.
Seu olhar me remete a um lugar desconhecido, um sonho, um paraíso, de onde eu não quero voltar, e sim, ficar com ela lá para sempre.
O olhar de Nora é inconfundível, único.
Eu sinto que o meu prazer se aproxima, mas me seguro; ela ainda não chegou lá.
Então eu provoco, dou mordidinhas leves, beijo, chupo e dou lambidas em tudo o que está ao meu alcance.

Sussurro palavras de amor no seu ouvido, ouso um pouco mais e ela começa a gemer baixinho, acelerando o movimento dos quadris.

— Vem, amor, estou te esperando... — eu sussurro.

Ela joga o corpo para trás, eu seguro suas costas e o prazer vem intenso, me sugando para dentro dela.

Eu não resisto e me entrego de corpo e alma à minha deusa prateada.

Uma noite de amor com Sílvia:
Ela é eletrizante, doida, divina.
Nunca fazemos amor uma vez só. Ela é insaciável.
Às vezes, iniciamos com a massagem tântrica, às vezes, ela vem com fome, sem preliminares.

Sua posição preferida é sentada em cima de mim, dominadora, ardente, sensual demais.

Na verdade, não existe uma posição preferida. Ela quer experimentar de tudo.

Já transamos no balcão da cozinha, no chuveiro, quando ela me fez um boquete maravilhoso, dentro do closet, na piscina, na hidro e no tatame, seu lugar preferido, normalmente de manhã.

Gosta de falar obscenidades durante o sexo.

— Fala o que você vai fazer comigo...

Eu já sei a resposta:

— Eu vou te foder gostoso.

Ela geme e pergunta:

— Diz o que você gosta mais, diz...

Eu respondo:

— De foder essa boceta gostosa.

— E o que mais você quer fazer?
Eu respondo:
— Chupar esses peitinhos de mel.
E prosseguimos com muito tesão e safadeza, como ela gosta, como eu gosto.

Sílvia me ensinou a me soltar mais durante o sexo. Ela me libertou do resto de censura que eu tinha dentro de mim.

Sua frase preferida, quando sabe que eu estou muito excitado é: *Não tenha vergonha de gemer. Dá tesão.*

E eu me solto totalmente nos braços dela.

Aconteceu uma coisa estranha, desta vez comigo.

Eu fazia amor com Sílvia no tatame e olhei em volta, preocupado que Nora nos visse juntos.

Preciso de terapia, pelo amor de Deus!

O inusitado, o inesperado, o delicioso.

Eu trocava carícias com a Nora na cama. Alisava suas costas, sua bunda deliciosa, quando de repente, ela falou:

— Você está sentindo falta, né, amor? Vem, hoje eu vou fazer a sua vontade, o lubrificante está na mesinha. — E ficou de quatro na cama.

Quem sou eu para recusar uma proposta dessa.

Ajoelhei na cama atrás dela e alisei aquela pele dourada.

— É assim que você quer, amor? Não vou te machucar?
— Você nunca me machuca.

Peguei o lubrificante, me lambuzei todo e passei nela também.

Comecei com o dedo, em movimentos circulares, enquanto ela gemia, girando os quadris.

— Tá pronta, amor? — perguntei, quase explodindo de desejo.

Entrei devagar, acompanhando a dança dos seus quadris, enquanto ela pedia por mais.

Era maravilhosamente quente e apertado. Eu podia sentir cada centímetro do meu pau dentro dela.

Eu sabia que não conseguiria me segurar por muito tempo. Coloquei os dedos entre as pernas dela e estimulei o seu prazer.

Nora gemia e aumentava o ritmo, eu alucinava dentro dela.

Olhei aquela paisagem magnífica, aquele encaixe perfeito e não aguentei. Segurei seus quadris com força e explodi dentro dela.

Meus joelhos tremiam sobre a cama, eu abracei sua cintura e nos jogamos de lado, deitados de conchinha.

— Você é o meu paraíso particular. — Cheirei seu pescoço.

— Eu sinto cócegas. — Ela riu.

— No pescoço? — cheirei de novo.

Ela se virou para mim:

— Vamos tomar um banho na hidro?

— Ótima ideia, mas antes tome o seu remédio, senão o doutor briga comigo.

Enquanto eu enchia a banheira, ela falava:

— Lá no Maine, nessa época do ano, é outono. Eu gosto do outono porque as árvores ficam coloridas e eu tenho belas paisagens para pintar.

Eu me lembrei de uma passagem do livro, onde ela fazia sexo anal com o Jay.

Como eu pude esquecer disso? Preciso reler o livro.

— Vem, minha deusa, o banho está pronto. — Eu a carreguei no colo. — Quer prender o cabelo?

— É melhor, o prendedor está na cabeceira.
— Quer que eu prenda? — entrei na hidro.
— Quero. Você faz uma massagem nas minhas costas?
— Claro, meu amor.

Nora é uma gata dengosa, que gosta de ser mimada e acariciada.

Fiz massagem no seu corpo todo, enquanto ela se deliciava. Por fim, ela se aconchegou no meu colo e me abraçou:

— Você é muito bom pra mim, Jay. Eu te amo muito — disse com a voz mais meiga que eu já ouvi.

— Eu também te amo, Nora. Essa noite foi inesquecível, quero guardar para sempre esses momentos que nós vivemos juntos.

Nora adormeceu.

— Bom dia, *bad boy*!

Sílvia entrou na cozinha e bateu na minha bunda.

— Bom dia, bebê. Dormiu bem?
— Como uma pirâmide!
— Pirâmide?
— É, se eu disser que foi como uma pedra, além de ser clichê, não se compara com o sono de uma pirâmide.
— Não entendi.
— Clark, uma pirâmide tem um milhão de pedras!
— Ah, tá.
— Por que você está me olhando?
— Nada, ué! Não posso olhar para você? — perguntei com vontade de rir.
— Hoje eu não quero sexo.
— Do jeito que você fala, parece que eu sou o seu brinquedinho sexual. O que está acontecendo, Sílvia?

— Nada. Não enche.

— Vem tomar café.

— Não quero, vou ver TV. — Sentou no sofá de cara emburrada. — Traz uma xícara de café com leite.

Eu comecei a me irritar:

— Não sou o seu empregado. Vem pegar.

— É claro que você não vai me dar, não é a Nora quem está pedindo!

— Não é isso...

Ela começou a falar com voz de deboche:

— *Ah, eu quero pintar.* Lá vem o escravo com os cavaletes. *Ah, eu quero pizza.* O escravo compra a pizza. *Ah, eu vou fazer o ritual da lua.* O escravo vai e prepara tudo. Pensa que eu não vejo?! Que eu não escuto?!

Começou a chorar.

— Agora, só porque eu pedi uma merda de café com leite, você se nega e me trata mal?!

Ah, Deus! Outra crise de ciúmes!

— Eu vou preparar pra você, espera um pouco.

— Eu não quero porra de café nenhum!

— Então, toma aqui o seu remédio.

— Não vou tomar porra nenhuma! — bateu na minha mão e jogou o comprimido no chão.

— Sílvia, eu vou chamar o doutor...

— Chama! Chama a polícia também!

— Polícia não precisa, eu sou a polícia — debochei.

— Eu quero que todo mundo se foda!

Levantou balançando aquela bunda, dentro de uma calcinha quase inexistente e foi para o quarto.

— Sílvia, eu vou entrar. — Bati na porta.

Por precaução, assim que eu vim morar com ela, eu havia tirado a chave de todas as portas.

Entrei com a xícara de café:

— Toma aqui, entenda que tudo é a maneira de falar. Eu já disse que não sou seu empregado nem seu escravo sexual.

— É escravo sexual só da Nora. Faz tudo o que ela manda.

— Do que você está falando? Fazer amor é uma relação de troca: os dois sentem prazer. É uma relação de afeto, Sílvia.

Sentei ao lado dela na cama:

— O que nós vivemos aqui é uma relação de amor, não é só sexo e você sabe disso. Eu fiz alguma coisa que te magoou? Eu machuquei você?

— Não.

— Agora, se você não quer mais, se não gosta mais de mim e fica arrumando pretexto para brigar comigo, não faça isso. É só falar que eu vou embora.

Eu levantei para sair e ela segurou meu braço:

— Não é isso... Fica... — soluçou.

— Então me conta o que está acontecendo.

Ela abaixou a cabeça:

— Eu vi vocês ontem à noite... eu... desculpa... Eu não costumo fazer isso. — Fungou.

— Você viu o quê, Sílvia?

— Eu vi vocês dois fazendo amor, a energia estava forte demais e me "acordou".

— Você sabe que eu faço amor com a Nora. Qual é o problema?

Então, eu me liguei:

— Você está falando do jeito que eu fiz amor com ela?

— É, você nunca fez isso comigo.

Eu fiquei olhando pra ela, sem saber o que dizer.
Que situação esdrúxula!
O mesmo corpo e duas mulheres discutindo o desempenho sexual uma com a outra, vai ser demais!
Eu sorri e acariciei a sua bunda:
— Quer ver eu acabar com essa tristeza agora, bebê?
— Sai daqui. Eu não estou no clima.
Eu me levantei.
— Aonde você vai?
— Buscar o seu remédio.
Quando eu voltei, ela estava de joelhos na cama, com a bunda pra cima e um sorriso safado:
— Vem, *cowboy*. — Sacudiu o lubrificante.
— IRRÁ! — gritei e dei um tapa na bunda dela. — Empina essa bunda que o *cowboy* está animado! — Bati de novo.
Sílvia soltou uma gargalhada.

É tudo uma loucura.
Uma deliciosa loucura.

CAPÍTULO 10

Um quadro e uma diversão

Hoje Nora acordou mais cedo. Estava animada e sorridente.
— Bom dia, meu amor! — sentou no meu colo na mesa do café.
— A minha deusa linda caiu da cama?
— Não, eu tenho um projeto em mente. Você me ajuda?
— Claro que sim, mas primeiro tome o seu café.
Doutor Arthur reduziu as duas doses diárias do remédio para apenas um comprimido à noite.
Depois do café, ela me levou até o quarto de pintura.
— Vou precisar de dois cavaletes. O quadro que pretendo pintar é grande.
— Que maravilha, minha deusa! Onde você quer colocar?
— Na sala, tem mais espaço e mais claridade.
— Vamos lá, então.
Sentei no sofá e fiquei observando os seus riscos na tela. De vez em quando, ela me olhava e sorria, se concentrando novamente no desenho.
Por onde anda a Sílvia? Ela sempre acorda mais cedo...
Eu não quis chamá-la. Isso atrapalharia a pintura da Nora.
De repente, como se adivinhasse os meus pensamentos, ela se virou e disse:
— Não se preocupe com a Sílvia. De hoje em diante, as manhãs são minhas, até eu terminar o quadro.

— Ela não ficou zangada com isso?
— Não, nós fizemos um acordo. As tardes serão dela.
— E as noites?
Ela sorriu com malícia e me encarou:
— De nós três, seu bobo.
— Ótimo! Enfim, a paz!
Eu levantei e beijei sua boca, selando o acordo.
Meu sangue ferveu e eu abracei seu corpo, doido por ela outra vez.
— Agora não, amor. Não tire a minha concentração.
Resignado, peguei papel e caneta para escrever o relatório.

Relatório não sei que número, já perdi a conta:
Elas fizeram um acordo; as manhãs são da Nora, as tardes são da Sílvia.

Não sei quanto tempo isso vai durar.

Sílvia não é muito boa em cumprir acordos, ela se cansa facilmente das coisas.

Nora está pintando um quadro grande na sala. Não sei qual é o tema, ela não quis falar, é surpresa.

Ela acordou bem disposta e sorridente por causa do seu projeto, não quis nem fazer amor.

Eu senti saudade da Sílvia. Nós sempre fazemos amor de manhã no tatame.

O doutor é um excelente terapeuta, mas é muito safado também.

Deve estar rindo de tudo o que eu escrevo.

Mas confesso, satisfeito, que você tinha razão. Estou curtindo as melhores férias da minha vida neste paraíso perfeito, onde só eu piso, onde os anjos não ousam pisar.

Aposto que eu vou precisar de terapia quando tudo isso acabar.

Onde eu estava com a cabeça quando aceitei levá-las ao parque de diversões?
Nora tem medo de certos brinquedos, Sílvia quer andar em todos.
E é um tal de "me segura" e "me larga", o tempo todo.
As pessoas já estavam me olhando!
O que vão pensar? Que eu estou assediando a Sílvia, que grita comigo "me larga!", ou que estou agarrando a Nora, quando ela pede "me segura!"?
Que inferno!
Elas só pararam com o escândalo quando eu ameacei levá-las de volta pra casa.
Na montanha-russa, deram um verdadeiro espetáculo; na subida, Nora se agarrava ao meu pescoço e escondia o rosto no meu colo. Na descida, Sílvia me empurrava aos gritos: *me larga, me larga!* e levantava os braços.
Talvez, devido à adrenalina, foi o dia em que eu presenciei a troca mais rápida de personalidades.
Em questão de minutos, uma substituía a outra.
Na roda gigante, eu quase pedi pra parar o brinquedo. Nora tem medo de altura e Sílvia, de propósito, balançava a cadeira.
Eu enlouquecia.
No tiro ao alvo, Nora deu um show, atira melhor do que eu. Disse que aprendeu com o pai no Maine.
Ela ganhou um ursinho de pelúcia marrom e Sílvia ficou enchendo o saco que queria um também.

Eu comprei mais fichas e Nora ganhou um elefante de pelúcia.

Começou a discussão:

O elefante é meu... não, é meu, eu atirei, eu ganhei...

Eu cruzei os braços e fiquei olhando.

Se alguém olhasse para ela, veria uma doida, sacudindo dois bichinhos de pelúcia de um lado para o outro.

Eu avisei ao doutor que era caso de internação, mas ele não quis me ouvir...

— Vamos tomar sorvete. — Acabei com a discussão.

Só um sorvete de casquinha para me acalmar.

Nora gosta de pipoca, Sílvia comeu dois cachorros-quentes e Nora ficou enjoada.

Eu passei na farmácia e comprei sal de frutas para ela.

Shopping, nunca mais.

Quando o doutor der alta, isso *se* ele der, ela que vá sozinha.

Eu acho que entramos em quase todas as lojas.

Volta e meia, elas saíam discutindo do provador de roupas:

Eu gostei mais da azul, por que você quer levar a vermelha?

Você não entende nada de moda, eu sou a estilista!

Eu ficava horas esperando até que elas chegassem a um acordo. Na loja de sapatos foi mais fácil, descobri como resolver o problema.

Nora gosta de calçados confortáveis; Sílvia prefere salto alto, diz que é mais sexy. Antes que dessem início a uma nova discussão, eu disse:

— Leva os dois!

Pronto, daí pra frente, em cada loja que elas entravam, eu gritava da porta:

— Leva os dois!

Elas quase me levaram à falência.

Pelo menos não teve briga na praça de alimentação e eu relaxei com o meu sorvete de casquinha.

Difícil foi carregar aquele monte de sacolas. Pedi um carrinho emprestado no supermercado e resolvi o problema.

Saímos do shopping com as lojas fechando as portas.

Cheguei em casa um trapo.

Hoje quem não quer sexo sou eu.

Vou dormir, estou cansado.

CAPÍTULO 11

Uma lembrança

Já estava anoitecendo.

Chovia demais em São Paulo e a temperatura caiu drasticamente.

Sempre que eu precisava sair, trancava a porta da casa para evitar surpresas.

Voltei do supermercado e quando tirava as sacolas de compras do carro, me deparei com a porta da casa aberta. Meu sangue gelou.

Percorri todos os cômodos da casa, chamando por ela e não tinha ninguém.

Como ela conseguiu sair de casa?

Olhei a rua da varanda da frente; não dava pra ver quase nada, por causa da intensa chuva que caía.

Corri até a garagem e o carro dela estava lá; deduzi que ela tinha saído à pé. Com o doutor ela não estava; eu tinha falado com ele minutos antes de chegar em casa.

Saí com o carro, procurando por ela na rua.

Perguntas sem respostas tumultuavam a minha cabeça:

Onde ela conseguiu a chave? Não achei nenhuma cópia quando investiguei o apartamento. Aonde ela foi? O que procura? Recuperou a memória?

Poucas pessoas ousavam caminhar pelas ruas alagadas debaixo daquele temporal. A água descia volumosa nos meios-fios das calçadas, como afluentes de um rio caudaloso.

Em pouco tempo, a rua principal lá embaixo estaria intransitável, inundada com o fluxo constante desses afluentes que desaguavam nela.

Abri a janela do carro para ver melhor; o limpador de para-brisa não dava conta da quantidade de água e o barulho da chuva no teto do carro era ensurdecedor.

Algumas vezes eu parava o carro e descia para ver melhor. O frio e a chuva forte açoitavam o meu rosto, só aumentando o meu desespero ao saber que ela estava a pé e sozinha na rua.

Entrei nas poucas ruas transversais e tudo estava escuro e deserto.

Ao chegar à via principal, já não tinha como avançar. A água subia nas calçadas numa velocidade constante e seguia não sei pra onde, arrastando tudo pelo caminho.

Sílvia, cadê você?

Mais uma vez, pude constatar a importância dessa mulher na minha vida.

Estacionei o carro do jeito que deu e fui socorrer algumas pessoas que estavam em cima do teto de um carro, ilhado pelo rio que se formou e se arrastava só Deus sabia pra onde.

E mais outro...

Voltei para o carro e tentei raciocinar.

Será que ela conseguiu atravessar a rua antes do rio se formar?

O que Sílvia está procurando? Por que saiu de casa debaixo desse dilúvio?

Onde você está, meu amor?

Saí do carro para continuar a busca e, quando olhei para trás, lá estava ela, no meio da rua, de calcinha e camiseta, descalça, abraçada ao seu elefante de pelúcia.

Amedrontada, perdida, olhando para os lados em busca de alguma coisa que nem ela sabia o que era.

Não chamei seu nome para não a assustar. Caminhei devagar na direção dela e a abracei tão forte que quase a sufoquei.

— Sílvia... — soltei o ar, olhando para ela.

Ela me olhou. Eu sabia que não era a Nora; de calcinha e camiseta, só podia ser a Sílvia.

— O que você está fazendo debaixo desse temporal de calcinha e camiseta? Veio trazer o seu elefante para passear? — brinquei.

— Você me leva lá?

— Lá onde, meu bebê?

— Eu não sei, é depois dessa rua. — Apontou para a via principal.

— O que tem lá?

— Alguma coisa que eu preciso ver, que eu preciso encontrar.

— Eu levo sim, mas não hoje. Olha só, não dá para atravessar a rua. — Mostrei o rio que se formou.

— Eu quero ir pra casa, estou com frio.

— É claro, bebê. Vamos embora, vem no meu colo.

Eu segurei Sílvia nos braços e beijei sua boca.

— Nunca mais faça isso, eu quase morri de preocupação.

Ela me beijou, debaixo da chuva, cheia de desejo.

Desceu do meu colo e debruçou na mala do carro.

— Vem, amor... — abaixou a calcinha. — Eu quero fazer amor na chuva.

— Aqui não é hora nem lugar pra isso, bebê. Você vai ficar doente. — Abaixei as calças.

Essa mulher tem o poder de me cegar, eu nem olhei para os lados, para ver se vinha alguém.

Confesso que apesar de toda a minha preocupação, só em vê-la com aquela camiseta molhada, colada naquele corpo lindo... me enlouqueceu.

— Você é muito devassa... — sussurrei no seu ouvido, ao entrar com tudo dentro dela.

Agora, me responde: como viver sem ela?

Enquanto eu preparava um banho quente pra nós dois na hidro, perguntei:

— Onde você conseguiu a chave da porta?

— Na caixinha da caixinha...

— Entra na hidro, bebê. Vou buscar um café com leite quentinho pra você.

Entrei no escritório; sobre a bancada, uma caixa quadrada com pequenos objetos dentro: alguns anéis, chaveiros sem chave e pulseirinhas de artesanato. Eu já havia examinado e não encontrara nenhuma chave ali.

Retirei tudo de dentro dela e virei a caixa de cabeça pra baixo. O fundo se soltou e outra caixinha caiu no chão.

Ela escondia essa caixinha sob um fundo falso; eram chaves reservas do carro, da casa, do ateliê, todas etiquetadas.

Sílvia estava indo para o ateliê, que fica no quarteirão depois da rua principal. Aos poucos, ela está recuperando a memória.

CAPÍTULO 12

Uma conversa

O doutor chegou na manhã seguinte, enquanto tomávamos café.

— Sente-se aqui, vem tomar café. — Sílvia o convidou.— Vou buscar mais suco.

Eu aproveitei a oportunidade e entreguei a ele um papel dobrado.

— O relatório da semana. Seria bom ler antes de começar a sessão.

— Hoje eu vou ficar com ela. Irene chega à tarde. O pai dela quer falar com você, pode ir agora.

— Posso terminar o meu café?

— Não seja mal-humorado. Algumas horas longe dessa beldade não vão te matar. — Riu baixinho.

O pai dela me aguardava na luxuosa biblioteca. Ele se apresentou e apertou a minha mão.

— Vem ver uma coisa. Esse aqui era o cantinho dela quando pequena. — Apontou.

— É... um cantinho bem de menina...

— Você não viu tudo ainda. Sabe qual era o livro preferido dela?

— Não, ela nunca falou.

— Aquele ali. — Apontou. — O terceiro livro da segunda prateleira.

— *O Pequeno Príncipe*?

— Retire o livro da prateleira e puxe a alça.

Eu me assustei ao ver a estante deslizar para o lado.

— Onde isso vai dar?
— Verifique com seus próprios olhos, pode entrar.
Eu tive que me curvar para passar pelo corredor baixo e estreito.
— Olha, é lindo!
— Era aqui o seu lugar preferido, onde costumava pintar por horas, acompanhada da mãe.
Eu notei dois cavaletes, com quadros inacabados.
Então... Sílvia também gosta de pintar...
A luz do sol que atravessava o vitrô colorido proporcionava o brilho de um ambiente mágico, como o pote de ouro no final do arco-íris.
— Minha filha era uma menina doce, sonhadora, seu sorriso iluminava os meus dias. Ela era carinhosa, alegre e inocente. Eu descobri, por acaso, um compartimento naquela estante.
— apontou. — São livros falsos. Aperte qualquer um.
Quando toquei no livro, uma porta se abriu, exibindo um nicho.
— Nossa! Essa casa é cheia de mistérios! — falei.
O pai dela riu.
— Isso era coisa da mãe dela, que gostava de incentivar a imaginação da filha. Não sei o que elas escondiam aqui, provavelmente o dinheiro que a Sílvia levou quando foi embora. Só sobrou este diário.
— E o que tem nele?
— A prova, a realidade que eu rejeitava aceitar. Acusei minha filha injustamente de mentirosa, de fantasiosa. Nem a mãe dela sabia. Ela se recusava a falar, não tinha coragem de admitir nem para si mesma que seu tio era um verme, um abusador de menores, um alcoólatra asqueroso...
Ele virou de costas pra mim enxugou os olhos:
— Ele vinha me roubando, me apunhalando pelas costas. Sílvia estava escondida aqui. O tio dela não sabia deste

esconderijo, mas ela ouviu ele tramar a minha morte pelo telefone. Minha mulher já havia falecido e Sílvia estava com apenas 22 anos quando saiu de casa. Eu acredito que ela deixou esse diário aqui de propósito, para que eu descobrisse a verdade nas suas palavras.

— Onde ele está agora? Preso?

— Não, morto. Morreu num acidente de carro quando a polícia o perseguia na Serra da Mantiqueira. Estava fugindo para Minas, onde tinha uma fazenda.

Se não fosse a minha filha abrir meus olhos, provavelmente hoje eu estaria morto. Quanta ironia! Sílvia quase morreu num acidente semelhante! O carro dele despencou serra abaixo. Vem, vamos beber alguma coisa na biblioteca.

Eu me acomodei na poltrona macia.

— O que você quer beber?

Ele pressionou um livro vermelho e uma porta deslizou para o lado, exibindo prateleiras de vidro, com várias garrafas de bebidas, taças e copos.

— Mais um esconderijo? — eu ri.

— Coisa da minha mulher. Ela gostava das histórias do Ali Babá. — Pegou uma garrafa de uísque. — Quer uma dose?

Eu aceitei.

Ele se aproximou e me entregou o copo:

— Só não gostei do seu nome.

— Não fale mal dele, foi minha mãe quem escolheu.

— Mães... nós somos eternamente dependentes das mulheres. Quando saímos da barra da saia da mamãe, procuramos abrigo na esposa.

"A mãe da Sílvia se foi tão cedo. Ela era a minha rocha, o meu porto seguro. Uma mulher doce, dedicada, um vulcão na cama, minha companheira de todas as horas.

"Nós, homens, somos um bando de babacas, inseguros e incompetentes sem uma mulher firme ao nosso lado.

"É quando começamos a fazer merda; desorientados, perdidos, sem aquela fortaleza que nos protege e nos ajuda a seguir em frente.

"Foi o que eu fiz, ao confiar no meu irmão e deixar a minha filha ir embora.

"Tudo isso aqui será dela quando eu me juntar a sua mãe. Não sei se ela vai querer administrar os negócios, mas também não me importo com isso. Só quero que ela seja feliz. Também não sei se todo o mal que eu causei a ela com o afastamento poderá ser compensado pela herança.

"Eu acho que não, não tem dinheiro no mundo que compense a falta de amor."

— Ela está feliz comigo, com o modo que levamos a vida. Não precisa de nada disso.

— Eu sei e agradeço muito a você por isso. Eu acompanho a vida dela de perto desde que saiu de casa e devo confessar que, mesmo com os problemas emocionais, nunca a vi tão feliz. Eu converso com o terapeuta dela de vez em quando.

"Peça o que quiser, Clark. Eu estou aqui para ajudar."

— Nós não precisamos de nada, estamos bem assim, acredite.

— Quer um cargo alto no governo? Quer ser o chefão da polícia?

— Deus me livre! Eu gosto do que faço e pretendo encerrar a minha carreira fazendo exatamente a mesma coisa.

— Gosto de pessoas honestas, uma raridade hoje em dia. Eu investiguei a sua vida, sabia?

— Contratou um detetive para investigar outro detetive?

— Isso mesmo, me desculpe. Eu precisava saber com quem a minha filha está vivendo.

— O senhor tem mais alguma coisa pra falar?

— Só um pedido, um único pedido. Quando Sílvia estiver curada, me ajude num encontro com ela. Quero recuperar sua confiança e, se possível, o seu amor.

Ele abaixou a cabeça:

— Eu sinto tanta saudade dela!

Eu fiquei emocionado:

— Farei de tudo o que estiver ao meu alcance, pode acreditar.

Eu me levantei para ir embora e ele me abraçou:

— Espero que no futuro eu ganhe um filho também e, quem sabe, netos?

Um homem abriu a porta antes que eu tocasse a maçaneta e fez uma reverência, ao me dar passagem.

Um palácio, um luxo excessivo. Um lugar triste e sombrio, sem afeto, sem acolhimento.

Eu gosto da minha delegacia. Vou dar o fora daqui.

Quando cheguei em casa, Irene limpava a cozinha.

— Oi, Irene. O doutor já foi? — perguntei.

— Não, ainda está no quarto.

Eu me aproximei da porta e ouvi o barulho da hidromassagem ligada.

Esse velho safado está na banheira com ela?

Invadi o quarto com uma desculpa:

— Eu queria saber se precisam de alguma coisa, um café, um suco...

— Já voltou? Eu pedi a você para não interromper as sessões.

— Desculpe, não quis atrapalhar.

Vi que Sílvia estava sentada em frente a ele, em uma das poltronas.

Apenas conversavam.

Sei lá o que se passa na cabeça desse doutor!

Sílvia é minha, ele que não se atreva...

CAPÍTULO 13

Um despertar, um rompimento

Dia de terapia.
   Eu acordei cedo e fui encontrar o doutor Arthur na lanchonete, como de costume.
   — Ela ainda está dormindo?
   — Está, mas fique tranquilo. Depois que fizeram o acordo, Nora levanta mais cedo e vai pintar. Temos um ambiente de paz agora.
   Eu terminava o meu sorvete de casquinha quando vi Sílvia entrar no carro. Era Sílvia; eu sabia pelo seu modo de andar.
   — Clark, você deixa a Sílvia dirigir?!
   — É claro que não, ela não sai de casa sozinha.
   Eu não contei ao doutor o episódio do temporal; fiquei com medo que me mandasse embora e colocasse outra pessoa no meu lugar.
   Levantei e corri na direção dela, mas ela arrancou com o carro.
   — Acordo de paz, hein? Entra aqui! Rápido! — o terapeuta abriu a porta do carro e saímos em perseguição.
   — Eu não entendo, estava tudo tão bem e...
   — Não confie nas mulheres, Clark. Nem nas sãs, quanto mais nas doidas... Eu já sei aonde ela está indo.
   — Eu também sei — respondi.
   Sílvia entrou no ateliê de costura e bateu a porta.
   — Ela recuperou a memória! Agora o bicho vai pegar! Fica calado e não faça nada! — o terapeuta desceu do carro e correu.

Eu fui atrás.

— Miserável! Desgraçado! Cafajeste! — Sílvia gritava e jogava as coisas dentro da loja.

O barulho era tão grande que algumas pessoas pararam para olhar o que estava acontecendo.

De repente, o busto de um manequim atravessou a janela e foi parar na calçada.

— Uh, lá, lá! — o terapeuta exclamou.

— Eu vou entrar. Ela pode se machucar.

— Espera, Clark.

Eu não dei ouvidos a ele.

— Sílvia, eu estou aqui.

— Sai daqui! Sai da minha frente! — atirou um manequim inteiro em cima de mim.

— Eu não vou sair, só quero te ajudar.

— Você pode me ajudar. Eu quero saber onde está aquele canalha e a puta da amante dele! Vou matar os dois!

— Eles estão presos, bebê. Vão passar um bom tempo na cadeia.

— Cadeia?! Eles têm que morrer! Quero jogá-los do alto da serra, como fizeram comigo!

Ela sentou no chão e colocou as mãos no rosto, chorando de soluçar.

— Por que você deixou, Clark? Ele quase me matou!

Eu a abracei:

— Eu não deixei, amor. Eu achei você lá e salvei a sua vida.

— Por quê? Por que me salvou? Eu preferia morrer do que sentir essa dor que estou sentindo agora.

— Não diga isso. Você é a luz da minha vida, não sei o que seria de mim sem você.

Ela abraçou o meu pescoço:

— Quero ir pra casa.

— Eu te levo, bebê. Vem no meu colo.

De repente, eu me lembrei de Nora, sozinha em casa, pintando o quadro.
Abracei Sílvia mais forte e chorei.
Como Nora pode estar em casa? Ela também está aqui, machucada, ferida, destroçada por dentro ao saber de toda a verdade.
Eu estou enlouquecendo.
— Vamos, amor, vamos pra casa.
Ao abrir a porta, eu parei estatelado com ela no colo.
O quadro.
Não estava pintado, mas o desenho na tela era perfeito.
Eu no centro, Nora e Sílvia ao meu lado.
— Meu Deus! — exclamei maravilhado.
A danadinha da Nora não tomou o remédio e passou a noite toda trabalhando, até terminar o desenho.
Vou passar a trancar na porta do quarto e guardar a chave.
— Vem, amor, vamos pra cama. Vou cuidar dos seus machucados.
Doutor Arthur trouxe um comprimido:
— Tome, você vai se sentir melhor.
— Eu não quero merda de remédio nenhum!
— Você é uma mulher guerreira, admirável, mas agora, nesse momento, precisa de ajuda. — O terapeuta ofereceu o comprimido.
— Tome o remédio, bebê, por favor.
Ela tomou.
Eu cuidei dos cortes e arranhões em seus braços e pernas.
— Posso me deitar com você?
— Não, eu quero ficar sozinha.
— Tá bom... eu vou ficar na poltrona, tá?
Ela não respondeu, fechou os olhos e adormeceu em minutos.
O terapeuta me chamou para conversar na sala:
— Volte a dar as duas doses do remédio, pelo menos nessa fase mais aguda. Sinto muito dizer, mas ainda vai doer bastante.

— Como eu devo proceder agora?
— Com carinho, com cuidado, com amor. É tudo o que ela precisa agora. Seja atencioso e compreensivo. Fale quando ela quiser conversar e cale quando ela quiser ficar quieta. Tenha paciência quando ela ficar irritada. Ela está botando pra fora, desabafando esse sentimento ruim de dentro dela. Você a ama, Clark?
— Amo demais. Sílvia é o meu mundo, o meu tudo. Não posso ficar sem ela.
— Isso vai facilitar o processo de cura.
— A Nora...
— Talvez a Nora tenha ido embora de vez, já que Sílvia voltou à realidade.
— Não, ela não pode ir embora... — retruquei.
— Do que você está falando? Não quer ver a Sílvia curada?
— Ela... não terminou o quadro...
— Cuide bem da sua mulher. Você vai se casar com ela, não vai?
— É tudo o que eu quero.
Depois que o terapeuta saiu, eu me atirei no sofá:
— Nora, não vá. Volte, por favor. Você tem que terminar o quadro e nós precisamos de você.

Os dias que se seguiram foram sombrios e monótonos.
Sílvia perdeu a sua alegria, a sua espontaneidade, aquele fogo de fazer amor todas as manhãs no tatame da varanda.
Nora foi embora. Eu procurava por ela no rosto de Sílvia e não a encontrava mais.
Todas as noites que eu tentei dormir ao lado dela fui expulso do quarto.
Eu não desejava fazer amor, não com ela naquele estado. Só queria abraçá-la e protegê-la, dizer que estava ali para ela, por ela, que a amava...

... Mas nem isso ela permitia que eu fizesse.

Tudo culminou quando eu a vi retirando o quadro da sala e guardando os cavaletes.

— Sílvia, o que você está fazendo?

— Nora não vai mais voltar, nunca mais. Eu quero que você vá embora também.

— Tudo bem, eu vou arrumar as minhas coisas.

O que mais eu poderia dizer?

Eu liguei para o terapeuta e expliquei tudo:

— Meu tempo aqui acabou, eu fiz tudo o que pude. Ela não quer mais me ver e me mandou embora.

— Eu sinto muito, Clark, mas nós já sabíamos desde o início que isso poderia acontecer. Existe uma nova Sílvia agora que nós desconhecemos.

— Ela quer que eu vá embora amanhã. Tem alguém para cuidar dela?

— Pode deixar que eu cuido disso. Obrigado por tudo, meu amigo.

O tempo passou e eu me entreguei ao trabalho com força total.

Estressava os funcionários da delegacia, queria tudo na hora, reclamava da incompetência de um e de outro e o delegado estava preocupado comigo.

No meu aniversário, em outubro, ganhei uma boneca inflável de presente dos colegas da delegacia.

— Você precisa de sexo, cara! Feliz aniversário!

Teve bolo, cerveja e eu até dancei com uma das funcionárias.

E consegui rir como não ria há muito tempo. Desde que Sílvia me deixou.

Uma semana antes do Natal, eu entrei numa perfumaria e enchi uma cesta decorada com sais de banho, pétalas de rosas, óleos e velas perfumadas e bati na porta dela com um buquê de flores na mão.

Eu me assustei com a sua aparência: ela estava magra, abatida, com profundas olheiras.

— Feliz Natal. — Entreguei a cesta e as flores.

— Ah, Clark, não precisava! — sua voz estava rouca.

— Eu posso entrar um pouco?

Ela me deixou entrar.

— Quer beber alguma coisa?

— Não, está tudo bem, obrigado. Só vim ver como você está e trazer o seu presente de Natal.

A casa estava uma desordem. Roupas espalhadas, louça suja na pia, as plantas morrendo por falta de água.

— Você está bem, Sílvia?

— Estou, está tudo ótimo. — Tentou sorrir.

— Precisa de ajuda com alguma coisa?

— Não, obrigada.

— Vai passar o Natal aqui?

— Vou passar com o meu pai.

— Ah, que bom! Ele é um cara legal.

— Você conheceu ele?

— É... conversamos uma vez.

— Talvez eu volte a morar com ele.

— Ah, seria muito bom! Família é sempre bom, não é? — fiz cara de desentendido.

— E você?

— Ainda não decidi.

— Eu não comprei nenhum presente pra você.

— Mas você tem uma coisa aqui que eu gostaria muito de ter, se você não se importar, é claro.

— O que é?

— O quadro.

— Ah, pode levar. Está no mesmo lugar onde eu guardei.

— Você não se importa de me dar?

— É claro que não. Eu já ia jogar no lixo, está ocupando espaço.
Senti um aperto no peito.
Essa não é a minha bebê. Ela não existe mais.
— Posso pegar?
— Fique à vontade.
— Obrigado, Sílvia. Feliz Natal.
Peguei a tela e fui embora.
Liguei para o terapeuta:
— Eu fui visitar a Sílvia e levar um presente de Natal. Ela está abatida e fraca, a casa, uma desordem. Não tem ninguém para cuidar dela?
— Ela não quer. Eu a visito sempre e o pai dela também.
— Sílvia não está bem, doutor. É melhor alguém ficar com ela, ou convencê-la a se mudar para a casa do pai.
— Pode deixar. Feliz Natal, Clark.
— Feliz Natal, doutor.
Pendurei o quadro em frente à minha cama e era a última imagem que eu via antes de dormir.
Os olhos de Sílvia, os olhos de Nora.
Mesmo em preto e branco, eles emitiam luz. Uma luz que se perdeu nessa espera longa, dolorosa e inútil de que elas voltassem para a minha vida.
Elas.
O tempo, tão doloroso e longo como a minha espera, se arrastava.
Eu cuidava daquele quadro como a joia mais preciosa. Tirava o pó com cuidado e ficava horas sentado, olhando para o meu tesouro.
Às vezes, eu tentava me convencer de que foi melhor assim, porque as duas estavam acabando com a minha sanidade.
Na realidade, eu sabia que não. Que amor igual àquele eu nunca mais sentiria.

CAPÍTULO 14
Uma lua cheia de maio

Maio se aproximava; talvez por isso eu me sentisse tão deprimido.

Olhei o calendário; dali a uma semana seria a primeira lua cheia do mês.

Eu pretendia comprar flores e colocá-las na mata. Deixar que a luz prateada banhasse o meu corpo, para entrar em comunhão com Nora.

Meu telefone tocou. Era o terapeuta:

— Sílvia está no hospital. Ela tentou se matar.

— Deixe que ela faça o que quiser da vida dela. Eu não posso ajudar em mais nada.

— Ela chamou por você.

— Pra quê? Pra me magoar? Para me ferir? Pra me tratar como um cachorro e me expulsar da casa dela de novo?

— Você é quem sabe.

— Eu não vou.

Véspera da noite de lua cheia do mês de maio.

Eu chegava em casa com o buquê de flores quando meu telefone tocou:

— Ela insiste em ver você — falou o terapeuta.

— Eu não vou, cara, já disse. Aquela Sílvia que me amava não existe mais, eu pude ver isso com os meus próprios olhos.

— Não é Sílvia, é Nora.

— Chego em dez minutos.

Entrei feito um furacão no quarto do hospital, com o buquê de flores na mão.

— Como está o meu amorzinho?

Larguei as flores e corri para abraçá-la.

— Meu amor! — Nora abriu os braços.

Eu a beijei com paixão e ela gemeu.

— Desculpa, amor. Eu estava com muita saudade. Como você está? — observei seus pulsos enfaixados.

— Eu estou bem. Você precisa me tirar daqui. Amanhã é a primeira lua cheia do mês de maio e eu tenho que fazer o ritual.

— Vou ver o que eu posso fazer.

Saí para procurar o médico e esbarrei com o terapeuta na porta do quarto.

— Olá, Clark. Aonde vai com tanta pressa?

— Procurar um médico. Nora quer ir embora, eu vou levá-la para a minha casa.

— Para a sua casa?

— É. Sílvia não me quer na casa dela.

— Você ficou maluco? Que Nora? Que Sílvia? É uma mulher só, demente.

— Eu sei, mas se a Sílvia voltar, vai me expulsar de novo.

— Pensa comigo. E se a Sílvia voltar dentro da sua casa? O desastre pode ser pior!

— Então, o que é que eu faço? Ela quer fazer o ritual da lua cheia amanhã.

— Na sua casa tem piscina? Ela pode ficar nua à vontade?

— Não.

— Vou marcar uma consulta pra você na semana que vem no meu consultório. Tá mais lelé do que elas!

— Vamos procurar o médico.

O doutor barrou a minha passagem:

— Clark, olha pra mim: eu sou o médico. A propósito, se você esqueceu, eu sou o médico da Sílvia, da Nora, use o nome que você quiser. Eu dou alta a ela, entendeu?

— Tá bom, anda logo.

— Fique calmo, você está muito agitado. Vou te receitar um remedinho também.

— Pronto, amor. Nós vamos para casa. — Entreguei as flores.

— Elas são lindas! Perfeitas como você.

— Não me deixe nunca mais, Nora. Eu preciso de você. Vem, senta na cama. Você consegue andar?

— Estou um pouco tonta...

— Vou buscar uma cadeira de rodas, volto já.

Empurrando a cadeira de rodas, esbarrei de novo com o terapeuta na porta do quarto.

— Mas o que é isso? — ele me olhou assustado.

— Uma cadeira de rodas, não está vendo? Ela não consegue andar, está tonta! Já conseguiu a alta?

— Está tudo certo, vamos embora.

— Vamos? — olhei pra ele e ergui as sobrancelhas.

— Eu vou também. Preciso passar algumas orientações e ver a medicação. Por que tanta pressa em ficar sozinho com ela?

— Não seja um mente suja. Eu só quero tirá-la daqui — respondi.

Eu namorava a minha Nora no banco de trás do carro, trocando carinhos e murmurando palavras de amor.

O terapeuta nos observava pelo retrovisor enquanto dirigia. Ele pigarreou alto:

— O mente suja aqui quer saber se a Nora jantou.

— Jantei, doutor.

— Nora, não saia de casa sozinha. Tome o seu remédio na hora certa e nada de excessos. Ouviu, Clark?

— Perfeitamente, doutor.

— Amanhã eu peço para trazer o seu carro pra cá.

— Obrigado, doutor.

Nora ficou decepcionada ao entrar em casa.

— Meu quadro! Vocês jogaram fora?

— É claro que não, amor. Está lá em casa, amanhã nós vamos buscar, tá?

— Eu vou conhecer a sua outra casa?

— Vai. Eu levo você.

Dormimos abraçados. Eu nem tentaria fazer amor com ela. Primeiro, ela estava convalescendo; segundo, era a forma que Sílvia mais gostava de aparecer.

No dia seguinte trouxemos o quadro de volta e Nora, toda feliz, retomou a pintura enquanto eu cuidava da casa.

À noite, enquanto ela se preparava para o ritual, eu peguei a máquina fotográfica. Não queria a imagem dela registrada só na minha memória, queria também no papel.

Se tivesse feito isso antes, a saudade enorme que senti dela poderia ter sido amenizada diante das fotos.

— Minha deusa prateada! — olhei para ela. — Posso tirar uma foto?

E a fotografei de vários ângulos.

Foram dias calmos e cheios de amor.

Contratei uma senhora de confiança para ficar com Nora e trabalhava só até a hora do almoço, enquanto ela se ocupava com o quadro.

O delegado permitiu, ao saber que se tratava da filha do milionário.

A nova delegacia contava com computadores novos, aparelhos de ar-condicionado e outros equipamentos de última geração para auxiliar os trabalhos.

As salas reluziam com a pintura e os móveis novos.

"Mimos" do pai da Sílvia.

No último dia de lua cheia, eu decidi filmar.

Nora reclamou um pouco, mas acabou cedendo.

Na semana seguinte, nós decidimos comemorar. O quadro estava pronto, lindo, pendurado no meio da parede da sala.

Fizemos amor no tatame, meio bêbados, com as garrafas de champanhe que bebemos.

De repente, eu ouvi:

— Que farra boa! Também quero participar!

Sílvia voltou.

— Meu bebê, que saudade! — sorri para ela.

Eu a abracei e rolei no tatame com ela.

— Você me perdoa, Clark, por tudo que eu fiz? Eu estava muito magoada e com medo de ser ferida novamente.

— É claro que perdoo, bebê, eu compreendo você.

— Eu deixei a Nora voltar não só pra ter você de volta. Eu queria que ela terminasse o quadro, que fizesse a cerimônia da lua cheia...

"... E eu gosto dela também, apesar de ser uma chatinha de vez em quando."

— Você não sabe como as suas palavras me fazem feliz. Eu amo você, sua boba.

— Não prefere a Nora?

— É claro que não. Vocês duas me completam, cada uma de um jeito.

— E no sexo?

— Você é a minha diabinha...
Ela se abriu pra mim:
— Vem, estou morrendo de saudade.
Feliz da vida, sussurrei no ouvido dela:
— Sílvia, você vai me enlouquecer...

— Eu caso com as duas, se você não se importa.
— Não é bigamia?
— É claro que não. — Eu ri. — Casa comigo?
Eu estava nu, ajoelhado na beira da cama, com o anel na mão.
Sílvia não respondeu.
— Então eu vou perguntar pra Nora — ameacei.
— Eu já perguntei, estamos pensando — Sílvia respondeu.
Eu ri.
— Que doideira, meu Deus!
— Tá bom, nós duas aceitamos, contanto que não seja bigamia.
— Mas eu estou casando com uma mulher só!
— Não tente enrolar nós duas, você é esperto.
Eu me deitei em cima dela.
— Olha, eu vou mostrar: dois braços, duas orelhas, dois olhos, um nariz, uma boca... — beijei seus lábios. — Eu amo vocês.
Coloquei o anel no dedo "delas".
Sílvia me jogou na cama:
— Hoje você vai ganhar um presente especial.
Subiu em cima de mim e deslizou a língua até o meio das minhas pernas.
— Sílvia, o que você vai fazer?
— Nós vamos te dar prazer.
— Pode me matar, eu deixo... — disse, me rendendo.
— Não tenha vergonha de gemer. — Ela sussurrou com voz sensual. — Dá tesão.

CAPÍTULO 15
Um casal diferente

A minha deusa com sorriso de diabinha entrou na igreja acompanhada do pai.

Felicidade em dobro ao ver que eles haviam se reconciliado. Todo o pessoal da delegacia estava presente. Alencar foi o meu padrinho e o doutor Arthur, padrinho da Sílvia.

O pai dela sorriu e me entregou a mão dela no altar. Minhas pernas tremiam de emoção.

— Eu vou te denunciar por bigamia. — Sílvia sorriu e cochichou no meu ouvido.

— Tenta, bebê, tenta... — respondi baixinho e sorri para os convidados.

— Vocês precisam se comportar melhor, as pessoas estão olhando. — Nora apareceu.

— Estamos lindas, não, Nora? — Sílvia perguntou.

— Estamos deslumbrantes, Sílvia — Nora respondeu.

— Parem de fofocar, as pessoas já estão desconfiando — falei no ouvido delas.

O padre pigarreou e perguntou:

— Posso começar a cerimônia, ou estou interrompendo alguma conversa interessante?

Quando o padre falou o nome da Sílvia, Nora reclamou, levantando seus doces olhos:

— Poxa, ele não vai falar o meu nome?

— Ah, meu amor! Que bom que você está aqui! — falei emocionado.

— Eu estou feliz em casar com você de novo, Jay.
— Eu amo você pra sempre, Nora.
— Shh! Não fale o nome dela, o padre pode ouvir! — Sílvia cochichou.
— Desculpa, bebê. Eu estou emocionado e muito nervoso.
— Shh! Nora, para de falar!
— Algum problema, minha filha? — perguntou o padre.
— Não, eu só espirrei.
Eu olhava para elas com os olhos marejados.
— Manda ver, "seu padre", eu amo essas mulheres e quero me casar logo.
— Que mulheres? — o padre me olhou.
Sílvia arregalou os olhos.
— Essa que está aqui na minha frente e a minha mãezinha que está no céu, vendo tudo.
— Ah, bem... Posso continuar?
Sílvia respirou.
Eu coloquei duas alianças entrelaçadas no dedo de Sílvia e ela deixou que Nora colocasse a outra no meu dedo.
— Pode beijar a noiva. — O padre sorriu.
— Eu amo você, Nora. — Beijei sua boca. — Meu bebê também, muito. — Beijei de novo.

Durante a festa, doutor Arthur veio nos cumprimentar.
— Parabéns ao casal, que tenham uma linda vida a dois!
— A três. — Nora cochichou com Sílvia.
— A três. — Sílvia cochichou comigo.
— A três — falei para o terapeuta.
— A três? — O doutor indagou, surpreso.

— É... nós já estamos planejando a chegada do nosso primeiro filho. — Disfarcei e sorri para ele.

Eu menti para o terapeuta, dizendo que Nora tinha ido embora e que Sílvia estava curada.

Elas me pediram isso e eu achei justo, mas às vezes me sinto culpado em cultivar as duas personalidades dentro dela.

Sílvia me levou para dançar.

— Nora me disse que você está enganando nós duas.

Eu soltei uma gargalhada.

— Vão fazer um complô contra mim? Você sabe que isso é impossível. Eu amo esse corpo aqui. — Abracei com força a cintura dela. — Não tenho culpa se duas mulheres lindíssimas habitam o mesmo espaço. Nora... olha pra mim.

Ela levantou os olhos.

— Não estou traindo a minha mulher. Amo as duas com a mesma intensidade e estamos felizes desse jeito. — Beijei de leve os seus lábios.

— Até que a morte nos separe. — Sílvia deu uma risada.

— Ou até que vocês me enlouqueçam de vez — respondi.

Beijei apaixonadamente as minhas mulheres no meio do salão e os convidados aplaudiram.

Talvez eu esteja errado em cultivar nessa mulher que eu amo tanto essa dupla personalidade.

É amor demais, tem para as duas.

Talvez eu esteja enlouquecendo.

Dizem que amar demais enlouquece.

São noites divertidas e intermináveis de prazer.

Eu tenho duas mulheres na cama para satisfazer e faço isso com muito amor e carinho, sem distinção. Amo as duas com paixão.

Nesse paraíso onde eu insisto em caminhar, nem os anjos ousam pisar.

Na semana passada, a vizinha fofoqueira me ouviu falando com a Sílvia:

— Vocês duas podem parar de discutir?

Ela me olhou atravessado e perguntou:

— Quem está discutindo com quem?

Sílvia disfarçou e mostrou o celular:

— É a minha prima, ela é muito chata.

E nós três rimos muito depois.

Nós três.

Somos felizes assim. Pra sempre.

FONTE Minion Pro Regular 12 pt
PAPEL Pólen Natural 80 g/m²
IMPRESSÃO Paym